폭탄파티

폭탄파티

그레이엄 그린 지음

이상영 옮김

문지사

이 책을 읽는 분에게

『폭탄 파티』는 인간의 탐욕과 자기 모멸을 풍자한 소설이다.

인기 있는 치약의 발명자로 백만장자인 피셔 박사는 애정 없는 결혼 생활을 해 오던 부인과 사별한 뒤 그녀가 한 사무원과 '관계'를 가져왔었다는 것을 발견, '성공하지 못한 사람'이 자신보다 부인의 관심을 더 끌었다는 사실에 크게 분노한다.

그 후 피셔 박사는 자기 집에서 파티를 열고 초대하여 온 손님들을 상대로 모멸하는 것으로 낙을 삼게 된다.

그의 파티에 오는 부자 손님들은 파티가 끝났을 때 얻어가는 값진 선물 때문에 그가 주는 창피나 모욕을 참고 기다리곤 한다.

피셔 박사에게는 20대의 딸이 있는데, 그녀는 제네바 근교의 한 초콜릿 공장에서 통역사로 일하는 50대의 홀아비 알프레드 존스와 사랑에 빠져 결혼하게 된다.

어느 날 피셔 박사는 파티를 열고 못마땅한 사위 존스를 초청했다.

금욕주의자이며 운명주의자인 존스는 그 파티에서 그들 자신이 부자이면서도 더 많은 부를 소유하고 싶어 피셔 박사에게 온갖

아첨을 다 하며 피셔 박사가 주는 모멸을 받아넘기는 초청객들의
탐욕을 목격한다.

　그 탐욕은 어느 만큼 가야 충족되는 것일까. 파티의
클라이맥스는 보물찾기 놀이였는데, 피셔 박사는 갖가지 보물이든
과자 상자 속에는 대인용 폭탄이든 과자도 하나 들어 있다고
말한다. 이 광경에서 피셔 박사는 그가 즐겨온 '타인 모멸'이
적용되지 않는 대상이 있음을 발견한다.

　이 작품의 말미에서 피셔 박사 아내의 연인이었던 스타이너는
이렇게 말하고 있다.

　"증오는 전염되는 것이 아니다. 그것은 그냥 그 자리에 남아
있지 퍼지지는 않는다. 그러나 피셔 박사 같이 남을 모멸하기
시작하면 결국 온 세상을 다 경멸하지 않을 수 없게 된다."

옮긴이

5

나는 이 세상의 어느 여자보다도 그의 딸을 사랑했다. 그런데, 나는 내가 알고 있는 다른 어떤 사람보다도 더 피셔 박사를 혐오하고 있었던 것 같다.

결혼에 관한 이야기는 차치하고서라도 그 여자와 내가 만나게 되었다는 것은 정말 신기한 일이었다.

참으로 그녀와의 만남은 만우절과 같은 것이었다.

안나 루이스와 그녀의 백만장자 아버지는 제네바 교외의 베르수와에 있는 거울같이 맑은 호반에 위치한 아주 고전적인 저택에서 살고 있었다. 정말 그녀의 큰 저택은 한 폭의 아름다운 그림처럼 잔잔한 호면湖面에 하얀 그림자를 드리우고 있었다.

그와는 반대로 나는 베베이에 있는 커다란 유리 상자와 같은 초콜릿 공장의 번역사로 상품 안내문이라든가 주문서와 같은 잡문을 작성하는 하찮은 일에 종사하고 있었다.

이처럼 우리 두 사람의 생활의 차이, 그 거리감은 한 개의 읍 정도가 아니라 전혀 다른 세계에서 살고 있는 아주 이질적인 것이었다. 내가 아침 8시 반에 일을 시작하는 데 반해 그녀는 언젠가 결혼 케이크 같다고 말한 적이 있는 핑크빛과 흰빛이 한데 어울린 화사한 침실에서 아직도 잠자고 있는 시간이었다.

그리고, 내가 점심으로 간단한 샌드위치를 먹으러 나가는 시간에 그녀는 실내 가운을 걸친 채 거울 앞에 앉아서 머리를 만지고 있는 것이었다.

초콜릿을 판 코뮨은 돈으로 나의 사장은 나에게 한 달에 3천 프랑을 주었는데, 그것은 그녀의 아버지 피셔 박사에게 있어 운수가 좋지 않은 날 오전 수입의 반에 해당하는 초라한 금액에 불과했다.

그는 여러 해 전에 우리가 만든 초콜릿을 너무 많이 먹음으로써 치아에 생길 우려가 있는 병균의 감염을 말끔히 씻어 주는 치약 덴토필 부케를 발명했다.

'부케'란 말은 향기를 선택할 수 있도록 하기 위한 특별히 고안된 것이라는 뜻이다.

첫 번째 광고에서는 아름다운 꽃다발을 선전물로 크게 이용했다.

'당신이 좋아하는 꽃은 무엇입니까?'

하는 상징적인 문구가 이채로웠다.

그다음 광고 포스터에는 감미로운 사진 속의 육체파 소녀가 깨끗한 이빨 사이에 한 송이의 꽃을 물고 있는 모습을 클로 즈업시켰다.

소녀에 따라 꽃의 빛깔과 종류도 달리했다.

하지만, 내가 피셔 박사를 싫어한 것은 그의 돈 때문만은 아니었다. 나는 그의 끝없는 자만심과 전 세계에 대한 경멸적인 태도, 그의 잔인성을 증오했다.

그는 아무도 사랑하지를 않았다. 또 자기 자신의 말조차도 믿지를 않는 결백성의 소유자였다.

그는 우리의 결혼에 노골적으로 반대하지는 않았으나, 나에 대한 경멸감은 정말 참기 어려운 것이었다.

여름날 먹다 버린 달콤한 과일 껍질에 달라붙는 파리 떼들처럼 늘 그의 주위에 모여드는 친구들에 대한 멸시 이상으로 나를 대했기 때문이다. 때로 그는 그 특유의 고갯짓으로 자기의 친구들이 불결하다는 듯이 경멸하고 있었다.

영어가 서투른 안나 루이스는 자기 아버지의 주위를 맴돌고 있는 사람들을 '두꺼비'라고 불렀다. 그녀의 말을 빌면 두꺼비란 아첨하는 사람을 뜻한다고 나에게 말해 주었다.

얼마 안 있어 나는 루이스가 그들에게 붙인 별명이 결코 거짓이 아님을 알 수가 있었다. 정말 의아스럽다든가 의심할 필요가 없는 완벽한 별명이었다.

그 두꺼비들 중에는 리처드 딘이라는 알코올 중독의 영화배우, 크뢰거라는 육군 소장—전시의 스위스 군대에는 육군 대장이 한 명뿐이었으므로 이 계급은 매우 높은 것이다—킵스라는 국제적인 법률학자, 무슈 벨몽이라는 조세 고문관, 그리고 몽고메리 부인이라는 은빛 머리의 미국 여자 등이 있었다.

장군은—대부분의 사람들은 보통 이렇게 불렀다—은퇴하였고, 몽고메리 부인은 생활하기에 만족스러운 나이 많은 과부였는데, 그들은 모두가 꼭 같은 이유 때문에 제네바 부근에 생활 터전을 마련하고 있었다.

고국에서 과도한 세금으로부터 도피하기 위해서가 아니면, 이 작은 도시만이 가지고 있는 좋은 조건을 이용하기 위한 것이었다. 알고 보면 그들 중에서 스위스 국적을 갖고 있는 사람은 피셔 박사와 그 퇴역 육군 소장뿐이었다.

그리고, 그들 중 피셔가 제일 부자였다.

그는 한 손에는 채찍, 그리고 다른 한 손에는 탐스러운 홍당무 (돈: 역자 주)를 쥐고 당나귀를 다스리는 사람처럼 그들을 다스렸다. 또 그들은 때때로 얻을 수 있는 홍당무의 매력 때문에 스스로의 힘으로도 줄을 잘 서는 사람들이었다.

참으로 그들은 홍당무를 너무나 좋아했다.

당나귀 주인은 처음에는 창피를 주다가 ("당신은 유머 감각이 없어요?" 나는 초저녁의 정찬 석상에서 이런 식으로 묻는 경멸에 찬 그의 모습을 쉽게 상상할 수가 있다) 그리고 보상을 해주는 그의 지겨운 파티를 끈질기게 참는 것은 오로지 그 홍당무 때문이었다.

마지막 판에 이르러서는 우스운 말이 튀어나오기도 전에 미리 웃는 기상천외의 법마저 터득하게 된 숙달된 그들은 자기들을 선택된 그룹으로 여겼다.

제네바 일대에서는 위대한 피셔 박사와의 친분이 있는 그들을 선망의 눈길로 부러워하는 사람들이 수두룩했던 것이다(그가 무슨 박사였는지 나는 지금까지도 알 수가 없다. 아마 사람들은 그를 칭송하기 위해 그런 칭호를 만들어 냈는지도 모른다. 그것은 마치 육군 소장을 '장군'이라고 부르듯이 말이다).

내가 피셔의 딸을 사랑하게 된 것은 어찌 된 일이었을까? 사실 그것은 설명할 필요도 없는 일 중의 하나였다.

그녀는 젊고 아름다웠다. 또한 그녀는 따뜻한 마음의 소유자였고, 지적인 용모를 지니고 있었다.

지금도 그녀를 생각하면 내 눈에서는 눈물이 흐른다. 하지만, 나에 대한 그녀의 사랑 뒤에는 분명 어떤 신비한 힘이 있었던 것 같다.

우리가 만났을 때 그녀는 나보다도 서른 살이나 아래였다. 사실 나는 50 고개를 넘어선 중늙은이로 젊은 여자를 매혹시킬 아무런 것도 갖추고 있지 못했다.

나는 젊었을 때 소방수로 있으면서 사고를 당해 왼손마저 잃은 불구자였다. 1940년 12월 런던 시가 온통 불길에 휩싸였던 그날밤―그리고 전쟁이 끝나자, 나는 적은 연금을 받는데, 비교적 물가가 싼 스위스에서 그런대로 살 수가 있었다.

다행히도 나는 부모님의 덕으로 여러 나라의 말을 할 수 있었는데, 그 때문에 생계를 이어갈 수 있었다.

나의 아버지는 전형적인 직업 외교관이셨다. 그래서, 나는 아주 어렸을 때부터 프랑스와 터키, 그리고 파라과이 등지에서 살면서 그 나라의 말을 배웠다. 정말 아주 기묘한 우연의 일치로 나의 부모님은 내가 한 손을 잃던 날 두 분 모두 살해당하셨다.

부모님들은 웨스트 켄싱톤에 있는 어느 집 돌더미 아래 매장되었고, 내 왼손은 영국 은행 근처의 리든홀 가(街)의 어느 곳엔가 버려졌던 것이다.

모든 영국의 외교관들이 다 그랬듯이 나의 아버지도 생을 끝마치면서 프레드릭 존스 경이라는 작위를 받으셨다.

피셔 박사의 눈에는 A 존스라는 이름이 우스꽝스러운 것이었겠지만, 영국에서의 그 이름은 경칭만 붙이면 조금도 우습다거나 이상한 것은 아니었다.

불행하게도 나에게 있어 아버지는 외교관직과 아울러 앵글로색슨의 역사를 공부하셨기 때문에 알프레드라는 이름을 지어 주었다. 물론 어머니의 동의를 얻었음은 말할 나위도 없다. 내 이름은 아버지께서 심취하고 계셨던 고대 역사 인물 중의 한 사람이었을 것이 확실하다(나는 어머니께서 알프레드라는 이름에 대해서는 반대하셨을 것이라고 생각한다).

이 세례명은 어떤 설명하기 곤란한 이유로 이제 우리 중류 계급 사회에서는 타락한 이름이 되었다. 그것은 노동자층에서만 불리어지는 속된 이름이 되었고, 알프라고 생략되어 부르는 것이 보통이었다.

덴토필 부케의 발명가인 피셔 박사가 나를 그의 사위가 된 이후에도 줄곧 존스라고만 불렀던 것도 그 이유 때문이었을 것이다.

그러나, 안나 루이스—무엇이 그녀로 하여금 50대의 남자에게 매력을 느끼게 했을까?

아마도 그녀는 피셔 박사보다 좀 더 다정한 아버지를 찾았던 것인지도 모른다. 내가 무의식적으로 아내가 될 여자보다는 딸을 갈망하고 있었던 그런 부정父情처럼 말이다.

나의 아내는 20년 전에 아기를 낳다가 죽었다. 그때 아이도 아내와 함께 죽었는데 의사는 그것이 딸이었다고 말해 주었다.

나는 내 아내를 진심으로 사랑했었다. 하지만, 그 시절의 나는 한 성숙된 남자로 완전한 사랑을 할 수 있는 나이가 채 되지 못한 소년기를 막 벗어난 때였다. 사실 지난날의 나에게는 여자를 사랑할 수 있었던 기회가 없었던 것 같기도 하다. 나는 인간이 사랑을 중단할 수 있다는 데에는 회의를 느끼는 사람 중의 하나이다.

하지만, 사랑의 깊은 아픔에 빠지는 것으로부터 벗어나는 일은 마치 성장한 다음에 지나간 소년 시절의 추억을 찬미하는 작가들이 쓴 한 편의 소설이나 시처럼 승화된 것인지도 모른다.

사실 내 아내에 대한 기억은 너무나 빨리 흐르는 시간의 저쪽으로 시들어져 버렸다. 그 후 많은 세월을 보내면서 두 번째의 부인을 찾지 않았던 것도 나의 지조 때문만은 아니었다. 플라스틱으로 만든 내 의수와 보잘 것 없는 수입에도 불구하고, 나를 애인으로 받아들이는 여인이 이 세상에 단 한 명이라도 있다는 것부터가 기적과 같은 일이었기 때문이다.

그러한 기적이 되풀이되기를 다시 바랄 수 없는 것이 내 운명이라고 스스로 자위하고 있는 터였다.

스위스에까지 흘러와 나의 연금과 부모님들에게서 물려받은 약간의 유산(그것은 정말 보잘 것 없는 금액이었으나 그 원금이 전쟁 때부터 투자되었기 때문에 영국 정부로부터 국세는 면제를 받았다)을 늘리기 위해서 초콜릿 공장에 일자리를 얻은 후로 여자에 대한 강렬한 욕망이 절박할 때면 나는 언제든지 육체의 접촉을 나눌 여자를 돈으로 살 수 있다는 데 만족하고 있었다.

안나 루이스와 내가 처음 만난 것은 샌드위치 때문이었다.

나는 늘 그랬던 것처럼 똑같은 점심을 주문하고 있었고, 그때 그녀는 베베이에 살고 있는 키가 작은 옛 유모를 방문하기 위해 간단한 요기를 하려고 이 작은 간이식당에 들른 중이었다.

나는 샌드위치가 나올 동안 화장실에 다녀오기 위해 잠시 자리를 떴다. 그때 나는 자리를 남에게 빼앗기지 않으려고 의자 위에다 읽고 있던 신문을 올려놓았다. 그런데 공교롭게도 안나 루이스가 그 신문을 보지 못한 채 그 맞은편 의자에 앉았던 것이다.

내가 다시 자리로 되돌아왔을 때 나는 그녀가 내 잘린 손을 보았을 것이라고 생각하면서—플라스틱 의수에 장갑을 꼈는데도 불구하고—그녀가 나에게 사과를 하고도 자리를 뜨지 않은 이유는 그녀의 선천적인 상냥함 때문일 것이라고 직감적으로 느껴졌다(앞에서 나는 그녀가 얼마나 상냥한가에 대해서 조금은 말했다).

나중에 안 일이었지만, 그녀는 자기 아버지와 닮은 곳이라고는 하나도 없었다. 그런 느낌을 가질 때마다, 나는 보지 못한 그녀의 어머니를 생각해 보곤 했다.

두 사람의 샌드위치가 동시에 날라져 왔다. 그녀의 것은 햄 샌드위치였고, 내 것은 치즈 샌드위치였다. 그리고, 우리 두 사람은 거의 동시에 그녀는 커피를 시켰고, 나는 맥주를 주문했다.

식당 종업원은 우리 두 사람의 우연한 행동으로 하여 같은 일행인 줄로 착각해 버렸다. 그리고, 너무나 뜻밖에 우리는 실제로 여러 해 동안을 만나지 못했던 옛 친구들처럼 동행이 되기로 했다.

이것은 참으로 기적적인 첫 만남이었다. 그녀는 니스칠을 한 것처럼 반짝거리는 적갈색의 긴 머리에 스카프를 두르고 다시 중국식으로 말아 올린 머리에 조개 모양을 한 머리핀으로 장식하고 있었다.

나는 그녀에게 정중한 인사를 건네면서 머릿속으로는 예쁘게 말아 올린 윗머리에 날아갈 듯 꽂혀 있는 머리핀을 살짝 잡아 빼면 그녀의 숱 많은 긴 머리가 등어리에서 삼단같이 흩어지는 엉뚱한 모습을 상상하고 있었다.

그녀는 거리에서 수없이 보게 되는 스위스 아가씨들—인형처럼 표정 없이 예쁘고 깔끔한 느낌을 주는 얼굴에 버터와 크림을 바른 듯한 비슷비슷한 얼굴을 가진, 논박의 여지도 없는 경험

부족으로 텅 빈 눈을 가진—과는 전혀 용모가 달랐다.

그녀는 어머니가 돌아가신 후 줄곧 아버지인 피셔 박사하고만 살면서 이미 인생의 여러 가지를 충분하게 경험한 상태였다.

우리는 샌드위치가 다 없어지기 전에 아주 간단한 대화로 서로의 이름을 물었다.

그녀가 '피셔'라고 자기 이름을 말하자, 나는

"그 피셔는 아니겠지요?"

하고 약간 성급한 음성으로 물었다.

"그 피셔란 누구를 말씀하시는지 모르겠는데요."

"저녁 만찬을 즐기는 피셔 박사 말입니다."

하고 나는 자신 있는 어조로 대답했다.

그녀는 조용히 고개를 끄덕이며 약간 당황한 표정을 짓고 있었다. 나의 말이 곧 그녀에게 고통을 주었음을 알 수 있었다.

"난 그런 좌석에 참석하지 않아요."

그녀가 격양된 음성으로 말했다.

나는 소문이란 항상 과장되게 마련이라고 성급하게 변명을 했다.

"아니예요. 저녁 만찬은 정말 지긋지긋한 것이었어요."

그리고 나서 그녀는 화제를 바꾸려는 듯이 보기 흉측한 것을 감추기 위해서 언제나 장갑을 끼고 있는 플라스틱 의수에 대해 조금도 숨김없이 직선적으로 물어오는 것이었다.

대부분의 사람들은 내가 신경을 다른 데로 쏠리고 있을 때 흘긋흘긋 훔쳐보면서도 짐짓 그것을 못 본 척하기가 일쑤였는데,

그녀만은 전혀 달랐다.

　나는 전쟁 당시 런던에서의 작전과 그 포연에 싸인 불꽃이 웨스트 앤드까지 하늘을 환하게 밝혀 주어 새벽 한 시에도 책을 읽을 수 있었던 일에 대하여 말해 주었다. 그때의 내 임무는 토텐햄 코트로^略에서 경비를 맡고 있었다.

　어떠한 일이 있어도 다음 날 아침까지는 자리를 이탈하지 말고 경계에 충실하라는 명령을 받고 있었다.

　"30년보다 더 전의 일인데, 웬일인지 불과 몇 개월 전의 일처럼 생생하게 느껴집니다."

　"그 해는 나의 아버지가 결혼을 하셨던 해였을 거예요. 결혼식을 끝내고 아버지는 아주 성대한 피로연을 베푸셨다고 어머니가 늘 자랑삼아 말씀하셨지요. 덴토필 부케가 아버지를 부자로 만들었기 때문이죠."

　그녀는 잠시 생각에 잠긴 듯하다가 다시 말을 이었다.

　"그때 아버지는 중립을 표명하고 계셨고, 돈 많은 부자들에게는 배급이 나오지 않았던 때였어요. 그런데 아버지는 결혼식 날 처음으로 저녁 만찬에 손님들을 초대했다는 거예요. 참석한 여자 손님들에게는 값비싼 프랑스제 향수를 선물로 주었고, 남자 손님들한테는 금으로 만든 칵테일 스틱이 베풀어졌대요. 그 당시 아버지는 만찬에 여자 손님을 부르기 좋아하셨다는 거예요. 그들은 새벽 5시에야 집으로 돌아들 갔대요. 내 생각으로는 믿기 어려운 이야기였어요."

　"독일군 폭격기는 5시 30분에 돌아갔습니다. 그때 나는 병원에

누워있었었지요. 불행하게도 나는 병원 침대에서 경보 해제 소리를
들을 수가 있었습니다."

우리 두 사람은 샌드위치를 하나씩 더 시켰다. 잠시 후 그녀가
자기 몫의 샌드위치 값을 내려는 것을 한사코 말렸다.

"다음에 그러세요."

그녀는 나에게 밝은 미소를 던지며 조용히 말했다. 그 말은
적어도 한번은 더 만날 수 있다는 약속의 가능성을 의미하고
있다는 말처럼 내 마음을 설레이게 해 주었다.

작전 개시의 밤과 샌드위치로 때운 점심 ―이 둘은 내 모든
기억들― 안나 루이스가 죽었던 날의 기억보다도 더 생생하게 내
생애 속에 자리 잡고 있는 기억이다.

우리는 샌드위치를 다 먹어 치웠다.

내 사무실에는 스페인어로 쓰인 5통의 편지와 터키어로 쓰인
3통의 상품 문의 편지가 기다리고 있었다. 새로 개발한 위스키로
맛과 향기를 낸 밀크 초콜릿의 판매 방법에 골몰하기 직전에
그녀가 내 시야에서 사라져 가는 것이 보였다.

2

우리들의 사랑 이야기는 이렇게 하여 시작되었다.

하지만, 우리 두 사람이 서로 사랑을 하고 있다는 것과 그 녀가 나에게 사랑을 갈망하는 마음이 없어졌다는 사실을 내가 알기까지에는 좀 더 오랜 시간이 걸렸고, 베베이에서의 가진 몇 번의 데이트와 어느 날 두 사람의 집 사이에 있는 로잔느라는 작은 극장에서 고전적인 영화를 즐긴 이후였다.

그것은 참으로 시대에 맞지 않는 상투적인 표현들로 엮어진 영화였다. 그러나, 우리는 이미 햄과 치즈 샌드위치를 통해 사랑 이란 것을 구축해 놓고 있었기에 모든 것은 순조롭게 이루어졌다.

우리는 실로 시대에 뒤떨어진 연인戀人들이었으며, 그 작은 극장에서 상영된 영화 속의 평범한 주인공들이었다.

아침에 개어 놓지도 않은 내 방 침대에서 처음으로 그녀와 육체를 뒤섞은 어느 날 오후—그날은 일요일이었다—나는 쉽게 승낙을 하리라 기대하지 않은 채 청혼을 했다.

그 이유는 우리가 처음으로 만났던 간이 음식점에서의 순수했던 감정으로 돌아온다는 데에 그녀도 동의할 것인지 알 수 없었기 때문이었다.

사실 내 말주변이란 고작 이런 정도뿐이었다.

"우리 두 사람이 결혼했으면 하는데……"

"결혼하지 못할 무슨 이유라도 있나요?"

그녀는 침대에 누운 채로 천정을 바라보다가 방바닥에 떨어져 있는 조개 모양을 한 머리핀을 응시하면서 작은 목소리로 자신 있게 반문해 왔다. 그녀의 머리카락이 베개 위에 흩어진 채 어젯밤의 격정을 말해 주고 있었다.

"피셔 박사 때문에……"

하고 내가 자신 없는 소리로 대답했다.

나는 그를 만나기 전부터 왠지 그녀의 아버지가 싫었다. 그리고 마음에도 없는 말로 '당신 아버지'라고 부른다는 것은 나의 비위에 거슬리는 일이었다. 루이스는 자기 아버지가 베푸는 그 이상한 파티에 대한 소문이 모두 사실이라고 말하지 않았던가?

"아버지한테는 물어볼 필요도 없어요. 아버지가 좋아하실 것이라는 뜻은 아니지만……"

그녀가 조심스럽게 말했다.

"내 수입이 얼마나 되는지 당신한테 말했지. 스위스 물가로 쳐도 두 사람 살기에는 아주 적은 액수야."

"하지만, 살아갈 수 있어요. 어머니가 돌아가실 때 저에게 남겨

주신 약간의 돈이 있어요."

"그리고 내 나이만 해도 문제지. 나는 당신 아버지만큼이나 나이가 많아."

나는 이렇게 말하면서 바로 내가 그녀의 아버지라는 생각 속에 알지 못할 두려움에 떨었다. 어쩌면 나는 그녀가 사랑하지 않았던 그녀 아버지의 대용품인지도 모른다.

그리고, 내가 결혼에 성공할 수 있었던 것도 따지고 보면 피셔 박사의 덕이라 해도 잘못은 아닐 충분한 까닭이 있었다.

"아마 내가 일찍 결혼을 했었더라면 당신의 할아버지가 될 수 있는 나이인 걸."

"어때요. 당신은 나의 애인이면서 나의 아버지이예요. 또 내 귀여운 아기일 수도 있고, 어머니이기도 해요. 당신은 앞으로 우리 가족의 전부—내가 원하는 가족의 전체인걸요."

루이스는 약간 흥분된 어조로 나를 타이르듯이 말하면서 젖은 입술을 내 입술에 갖다 대며 더이상 이야기를 하지 못하게 막는 것이었다.

그리고 그녀는 천천히 내 가슴 속으로 파고들었다. 또다시 나를 나른한 격정의 터널 속으로 깊숙이 빠져들게 하고 있었다.

이렇게 하여 마침내 우리 두 사람은 좋든 나쁘든 피셔 박사는 물론 성당 신부님의 동의도 없이 결혼이라는 것을 했다.

우리들의 결혼은 합법적인 것이 아니었고 따라서 거기에는 이혼도 있을 수 없었다. 우리는 영원히 서로를 가졌을 뿐이었다.

그녀는 호숫가의 그 고전적인 하얀 집으로 돌아가서 가방을 챙겼다(여자가 가방 한 개 속에 챙길 수 있는 짐의 양은 놀라웠다). 그리고는 아무한테도 말 한마디 없이 나에게로 돌아왔다.

우리는 옷장과 부엌에 필요한 살림살이들을(나는 프라이팬조차도 없었다) 샀고, 침대에 필요한 포근한 매트리스를 새로 장만했다.

적은 돈을 절약하기 위해 슬프게도 신혼여행은 생략하기로 했다. 그러나, 우리 두 사람은 행복한 그늘 속에서 서로의 마음을 주고받을 수 있었다.

결혼 3일째 되던 날, 나는 그녀에게 말했다.

"그는 당신이 어디로 갔는지 무척 궁금해 할 꺼야."

나는 그녀의 아버지에 대해서 당신의 아버지가 아니라 '그'라는 대명사를 의식적으로 썼다. 그것은 조그마한 내 자존심을 손상시키기 싫은 의도적인 것이었다.

루이스는 내 말에는 별로 신경을 쓰지 않은 채 내가 좋아하는 중국식으로 머리를 매만지면서 말했다.

"어쩌면 조금도 눈치채지 못하고 계신지도 몰라요."

"그럼 식사도 같이 안 해?"

"아버지는 외식을 즐겨 하시거든요."

"아무래도 가서 만나는 게 좋을 것 같군."

"왜요?"

"당신을 찾으려고 경찰에 신고할지도 모르는 일 아냐?"

"그렇게 힘들여서 찾지는 않을 거예요. 이제 내 나이는 부모의 허락을 받아야 할 시기는 지났거든요. 우리가 뭐 죄를 지은 일을 했나요?"

그녀의 음성은 차분히 가라앉아 있었다.

하지만, 나는 내가 죄를 짓지 않았다는 것에 확신할 수가 없었다. 한 손밖에 없는 남자, 쉰 살도 훨씬 넘은 데다 하루 종일 초콜릿에 관한 자질구레한 문안이나 작성 번역하며 생활을 겨우 연명하는 중늙은이가 스물한 살도 채 되지 않은 소녀를 꾀어 같이 살자고 한 부도덕한 남자.

물론 법률적으로 죄는 아니다. 그러나, 부모된 아버지의 눈으로 보면 분명한 죄였다.

"꼭 가고 싶으시면 아버지를 만나 보세요. 하지만, 조심하세요. 정말 조심하셔야 돼요."

"그가 그렇게 위험한 존재인가?"

"아버지는 차라리 지옥이에요."

그녀의 목소리는 가늘게 떨고 있었다.

3

　미리 하루의 휴가를 얻은 나는 맑은 햇살을 받아 싱싱한 고기 비늘처럼 반짝거리고 있는 호수의 평화로움을 즐기면서 천천히 차를 몰고 갔다.

　그러나, 나는 풍요로운 대지 위에 펼쳐진 은빛의 자작나무 숲과 뒤섞인 수양버들 사이로 보이는 대리석 기둥이 달린 현관, 그 앞에 깔아 놓은 듯한 공허하도록 넓은 녹색의 잔디, 엷은 물보라를 날리며 떨어지고 있는 정원 안에 있는 폭포의 광대함을 보고 기가 죽어 그대로 돌아서 버릴 뻔했다.

　바로 현관 입구에는 그레이하운드 한 마리가 의전관인 양 엎드려 졸고 있었다.

　나는 일하는 사람들만이 드나드는 작은 옆문으로 갔어야 옳았다는 생각을 하면서 긴장된 마음으로 현관 앞으로 다가 섰다.

내가 벨을 누르자 안에서 흰 재킷을 입은 남자가 문을 열고 나왔다.

"피셔 박사를 만나러 왔습니다."

내가 정중하게 말했다.

"성함이 어떻게 되십니까?"

그는 나의 아래위를 뚫어지게 훑어보면서 퉁명스럽게 물었다. 그의 말하는 억양으로 보아 짐작컨대 틀림없는 영국 사람이었다.

"존스라고 합니다."

그는 아무런 대꾸도 없이 나를 데리고 몇 개의 계단을 올라가서는 두 개의 소파와 여러 개의 안락의자, 대형의 샹들리에가 있는 응접실로 안내했다.

응접실에는 파란 빛깔의 드레스를 입고 금으로 된 장신구를 거추장스럽도록 치장한 은발의 나이 많은 부인이 소파 하나를 차지하고 앉아 있었다. 흰 재킷을 입고 안내해 준 영국인 남자는 어느 사이에 내 시야에서 사라졌다.

순간, 그 자리에 남은 우리 두 사람의 시선이 마주쳤다. 그리고 나서 나는 시선을 돌려 방안을 구경하면서 이 모든 것에 대한 기원을—덴토필 부케에 대해 생각했다. 이 응접실은 치료비가 굉장히 비싼 치과 의사의 대기실로서 우리 두 사람은 치료받기 위해서 기다리고 있는 환자인지도 모른다는 생각이 들었다.

얼마 후 그 부인은 서투른 미국식 악센트가 섞인 영어로 말을 걸어왔다.

"그분은 굉장히 바쁘시답니다. 아무리 친한 친구들 일지라도 기다리게 하지 않을 수가 없어요. 난 몽고메리 부인이라고 한답니다."

"아! 예, 제 이름은 존스입니다."

"그분 파티에서 당신을 뵌 기억이 없는데요."

"네, 그러실 겁니다."

"하긴 저도 어떤 때는 참석지 못하는 경우가 있죠. 그분 곁에 항상 있는 것이 아니니까 당연한 일이 아니겠어요."

"그러실 겁니다."

"물론 리처드 딘 씨는 아시겠죠. 존스 씨?"

"그분을 전 만나 본 적도 없습니다. 하지만, 신문에서 그분에 관한 글을 읽은 적은 있습니다."

그녀는 내 말에 깔깔대고 웃었다.

"당신은 꽤나 짓궂은 분이시군요. 그러시면 크뢰거 장군은 아시나요?"

"아니오. 그분도 전혀 아는 바 없습니다."

"그럼 킵스 씨는?"

그녀는 약간 초조한 기색마저 띠며 믿지 못하겠다는 듯이 물었다.

"그분에 대해서는 소문으로 들은 적은 있습니다. 아마 조세 고문관이시죠?"

"잘못 아셨어요. 조세 고문관은 벨몽 씨구요. 킵스 씨를 모르신다니 신기한 일이군요."

나는 약간의 설명이 그녀에게 필요하다고 느꼈다.

"나는 그의 딸의 친구입니다."

"하지만, 킵스 씨는 아직 결혼을 안 했는데요."

"제 말은 킵스 씨 딸이 아니라, 피셔 박사의 딸을 가리키는 겁니다."

"아!"

순간 그녀는 놀라운 표정을 지으며 말했다.

"저는 그녀를 만난 적이 없어요. 그러나, 그녀가 굉장한 내성적인 성격의 소유자라는 것을 들어서 잘 알고 있어요. 아버지인 피셔 박사가 마련한 파티에도 전혀 모습을 나타내지 않았으니까요. 우리 모두가 그녀를 만나 보고 싶어 하는 데도 말입니다."

그때 흰 재킷을 입은 남자가 돌아와서는 듣기에 약간 무례한 듯한 어조로 말을 했다.

"피셔 박사님께서는 다소 열이 있으십니다. 당신을 만나지 못하게 되어서 죄송하다고 하셨습니다."

"그분에게 가서 필요하신 게 없으신가 물어봐 주세요. 제가 당장 구해 드릴 테니까요, 하다 못 해 머스컷 포도 같은 것이라도 말예요."

"피셔 박사님은 이미 머스컷 포도를 드셨습니다!"

"그건 단지 예로 든 것에 불과해요. 그분을 위해서 도와 드릴 일이 무엇인지 물어보세요."

그때 현관문 쪽에서 벨 소리가 울리자 하인은 내 말에는 아랑곳없이 경멸스러운 시선을 던지고는 문 쪽으로 갔다.

응접실로 다시 되돌아오는 그의 뒤에는 겹쳐질 정도로 몸을 구부린 검은색 양복 차림을 한 깡마르고 나이가 많은 한 남자가 따라 들어왔다. 그가 머리를 쑥 내밀고 바라보는 모습이 아라비아 숫자의 '7'자와 같다는 생각이 들었다.

그는 왼손을 옆구리에 붙이고 있어 더욱 우스꽝스럽게 보였다.

"박사님이 감기에 걸리셨나 봐요. 우리를 만나실 수가 없으시대요."

몽고메리 부인이 참견하듯 말했다.

"킵스 씨는 미리 선약을 하고 오셨습니다."

흰 재킷을 입은 하인은 퉁명스럽게 말을 내뱉고는 우리 두 사람은 거들떠 보지도 않은 채 킵스 씨만을 대리석으로 만든 계단으로 데리고 올라갔다.

나는 그들의 뒤에다 대고 큰 소리로 말했다.

"피셔 박사에게 따님이 전하는 말을 할 게 있다고 전해 주게."

"열이 있다잖아요!"

몽고메리 부인이 소리를 질렀다.

"그의 말을 못 믿으시나요? 저쪽은 그분의 침실로 가는 길이 아니라 그분의 서재로 통하는 길이에요. 하지만, 제가 말씀을 안 드려도 이 집에 대해서는 잘 아시겠군요."

"아닙니다. 여기는 처음입니다."

"아! 그러세요. 이제야 알 수 있을 것 같군요. 당신이 우리들의 회원이 아니라는 것을 말이에요."

"저는 단지 그의 딸과 함께 살고 있을 뿐입니다. 부인!"

"정말이세요?"

그녀가 놀라워하면서 물었다.

"흠! 그것참 재미있고 솔직하신 말씀이군요. 루이스는 예쁜 처녀예요. 말로만 들었지만, 아직 저는 본 적이 없어요. 아까도 말씀드렸지만, 그녀는 파티를 별로 좋아하지 않거든요."

그녀는 팔찌를 소리가 나도록 매만지다가는 손을 머리로 가져가면서 말했다.

"저한테도 약간의 책임은 있어요. 피셔 박사가 파티를 열 때마다 나는 여주인 노릇을 해야 했거든요. 최근 그분이 초청하는 사람들 중에 여자라고는 저 혼자뿐이었으니까요. 그건 말할 나위도 없는 대단한 명예니까요.ㅡ하지만 뭐, 크뢰거 장군은 보통의 포도주도 아주 잘 마시지요. 포도주라면 어떤 것이든 상관없어요."

그녀는 잠시 말을 끊었다가 묘하게 덧붙였다.

"그 장군은 굉장한 감식가예요."

"그의 파티엔 포도주가 항상 있는 게 아닌가요?"

내가 약간 빈정대듯 말했다.

그녀는 마치 내가 버릇없는 불량한 사람인 것처럼 아무런 대꾸도 하지 않고 어렵다는 듯 쳐다보다가는 할 수 없다는 듯이 부드러운 표정을 지으며 말했다.

"피셔 박사는 유머 감각이 뛰어나신 분이예요. 그분이 당신을 파티에 초대하지 않았다는 것은 참 이상한 일이군요. 하지만 그런 상황에서는 별수 없겠지요. 우리의 모임은 굉장히 작은 규모이거든요.”

잠시 숨을 돌리고 나서 그녀는 말을 이었다.

“우리는 서로를 잘 알고 있고, 모두들 피셔 박사를 존경하고 있답니다. 그럼 당신은 적어도 벨몽—앙리 벨몽 씨 정도는 알고 계시겠지요. 그는 어떤 어려운 세금에 관한 문제라도 속 시원하게 해결해 줄 수 있는 분이지요.”

“저한테는 세금에 관한 어려운 문제는 없습니다. 부인!”

나의 완강한 목소리가 지나치게 컸든지 그녀는 더 이상 말을 하지 않았다.

대형의 샹들리에를 머리 위에 얹고, 소파에 앉아 있는 내 모습은 ‘h’ 음을 빼고 발음하는 것(런던 사투리로 보통 교양 없음을 나타냄: 역자 주)과 거의 같다는 생각이 들었다.

몽고메리 부인은 당황한 기색을 감추지 못하고 눈을 나에게서 돌렸다.

한때는 후즈 후who's who 인명 대사전의 유명 인물로 선정되어 기록되었던 나의 아버지의 자그마한 직함에도 불구하고 몽고메리 부인과 동석한 자리에서 나는 소외감을 느끼지 않을 수가 없었다.

더욱이 그때 하인이 계단을 재빠르게 내려와서는 나에게 시선조차 보내지 않은 채 빠른 목소리로 말하는 것이었다.

“피셔 박사님께서는 존스 씨를 목요일 오후 5시에 뵙겠다고 하셨습니다.”

하인의 불유쾌한 말소리가 채 끝나기도 전에 그는 안나

루이스의 집이라고 생각하는 것조차 이상할 정도인 거대한 불가사의한 이 집의 어느 곳으로 숨어 버리듯 사라져 버렸다.

"존스 씨라고 하셨던가요? 당신을 만나서 즐거웠습니다. 나는 우리의 친구들이 어떻게 지내고 있는지 알기 위해 킵스 씨를 조금 더 기다려 봐야겠습니다. 우린 그 소중한 분을 돌봐야 해요."

내가 처음으로 두 두꺼비를 만났다는 것을 깨달은 것은 그 후의 일이었다.

4

"포기하세요."

아내 루이스는 나에게 충고를 했다.

"당신이 그분한테 빚을 진 것은 하나도 없어요. 또 당신은 그
두꺼비들의 일원이 아니잖아요. 아버지는 지금 내가 어디 있는지
너무도 잘 알고 계실 거예요."

"당신이 존스라는 사람하고 함께 있다는 것만이 그가 알고
있는 전부야."

"아버지는 지금이라도 원하시기만 하면 당신의 이름과
직업, 직장은 물론 그 외에 무엇이든지 다 알아내실 수 있어요.
경찰서의 목록 속에는 당신 이름이 들어 있어요. 아버지는 그저
물어보시기만 하면 되는 거예요."

"그 목록들은 비밀이야."

"나의 아버지에게 한해서는 비밀이 없어요. 믿으시면 곤란해요.

경찰 내부에도 두꺼비가 한 마리 정도는 있을 테니깐요."

"당신은 꼭 자기 아버지를 하늘에 계신 우리 아버지처럼 말을 하는군―뜻이 하늘에서 이루어진 것 같이 땅에서도 이루어지이다… 아멘!"

"우리 아버지도 그와 비슷해요."

"거 참! 재미있어지는데?"

"꼭 마음먹은 대로 하셔야겠다면 약속을 지키세요. 하지만 조심하셔야 해요. 정말 제 말을 귀담아 들으세요. 그리고 아버지가 미소를 지으시면 더욱 조심하셔야 해요."

"덴토필의 미소인가?"

나는 여유 있는 표정으로 그녀를 놀려 주고 싶었다. 실제로 우리 두 사람은 모두 그녀의 아버지가 발명한 치약을 쓰고 있었다.

그 치약은 내 주치의인 치과의사가 추천해 준 것이다. 아마 그 사람도 두꺼비 중의 한 사람인 모양이었다.

"아버지 앞에서는 덴토필이라는 말은 벙긋도 하지 마세요. 자기의 행운이 어떻게 해서 만들어졌는지 기억하게 되는 것을 좋아하지를 않으시니까요."

"당신의 아버지는 그 치약을 쓰지 않나 보지."

"네, 아버지는 워터 피크라는 것을 애용하시죠. 이빨에 관한 주제는 아예 멀찌감치 치워 놓으세요. 그렇지 않으면 아마 아버지는 당신이 자기를 놀린다고 생각하실 거예요. 아버지는 다른 사람들을 놀려대면서도 자신에게는 어떠한 공격도 허락지를 않아요. 조롱은 그분의 독점물이에요."

목요일 오후 4시가 되어 일은 끝마쳤지만, 루이스하고 이야기했을 때처럼 용기가 나지를 않았다. 결국 나는 고작 한 달에 3천 프랑을 벌기 위해서 초콜릿 공장에서 일을 하는 50대의 알프레드 존스일 뿐이었다.

내 낡은 피아트 자동차를 루이스에게 맡기고 나는 제네바까지 기차를 타고 갔다. 역에서부터 택시 정류장까지 걸었는데 역 광장으로 뻗어 있는 거리의 양 옆에는 작은 규모의 술집들이 어지럽게 늘어서 있었다. 그중 나의 시선을 끄는 술집이 하나 있었는데, 그 술집 이름은 윈스턴 처칠이란 간판이 붙어 있었다.

나는 낯선 곳에서 고향 친구라도 만난 듯한 반가운 기분이 되어 홀 안으로 들어섰다.

그 술집은 스위스 사람이 경영하고 있었는데 거기에는 알아볼 수도 없는 낙서와 사인이 판자로 된 벽면을 어지럽히고 있었다.

또한 스탠드 글라스로 된 창문에는 어떤 이유에서인지 요크 가※와 랑카스터 가※를 나타내는 백장미와 붉은 장미들이 그려져 있었다.

그리고 중국식으로 문양紋樣된 영국풍의 바 스탠드가 고전적인 것이 이채로웠다. 그러나, 조각된 나무로 만들어진 긴 의자와 테이블로 쓰이는 나무통은 아주 조잡한 것들이었다.

아침 개점 시간이라 한 잔할 수 있다는 기대감 속에 마음은 좀 가벼웠으나 순수한 전통적인 영국풍의 바가 아니라는 데는 약간 실망하지 않을 수 없었다.

나는 택시를 타기 전에 촉진제로 조금 마시기로 했다.

생맥주 값이 위스키와 똑같이 비쌌기 때문에 나는 빨리 취기가 도는 위스키를 한 잔 주문했다. 그리고는 마음속의 긴장된 잡념을 씻어내고 싶은 충동에 술집 주인에게 말을 걸었다.

"영국인 손님도 있습니까?"

"없소."

"왜 그럴까요. 내 생각으로는……"

"그 사람들은 가난뱅이지요."

스위스 태생인 술집 주인은 전혀 붙임성이 없는 작자였다.

나는 위스키를 한 잔 더 시켜 마신 다음 술집을 나왔다. 거리로 나오자, 나는 곧장 택시를 잡았다.

"베르스와에 있는 피셔 박사의 집을 아십니까?"

나는 택시에 올라타자마자 그가 어느 정도 유명한가를 알아보고 싶은 짓궂은 생각에서 택시 운전사에게 물었던 것이다. 운전사는 프랑스계 스위스 사람으로, 술집 주인보다는 붙임성이 있었다.

"박사님을 만나러 가십니까?"

"그렇소."

"조심하시는 게 좋으실 겁니다. 손님!"

"그건 왜죠? 그 사람은 위험한 사람이 아니잖습니까?"

"매우 엉뚱한 사람인 것은 틀림없는 모양입니다."

운전사는 확고한 음성으로 말했다.

"어떤 면에서 그런가요?"

"그분이 베푸는 파티에 관해서 들어 보신 적이 없으십니까?"

"소문은 들었소만, 자세한 것은 말하지 않더군요."

"아! 그 사람들은 비밀로 하겠다고 맹세했거든요."

운전사가 말했다.

"누구 말인가요?"

"그분이 초대하는 사람들이죠."

"그럼 어떻게 그런 것들을 알 수 있습니까?"

"아무도 모르는 거죠."

그가 뒷머리를 긁적거리며 말했다.

나는 예의 그 대리석 현관 앞에 서서 벨을 눌렀다.

전과 다름없는 그 무례한 하인이 문을 열어 주었다.

"약속을 하셨었던가요?"

하인이 물었다.

"그렇소."

"성함이 어떻게 되십니까?"

"존스라고 하오."

"그런데, 그분께서는 만나실지 모르겠습니다."

"약속을 했다고 말했잖소."

내가 불쾌한 음성이 되어 큰 소리로 말했다.

"아! 약속이요?"

하인은 경멸하는 듯한 어투로 말했다.

"한결같이 모든 사람들은 약속했다고 말하지요."

"어서 달려가서 내가 왔다고 말을 전하시오."

하인은 험상궂은 표정을 짓더니 이번에는 나를 그대로 계단 위에 세워둔 채 어디론가 사라졌다. 꽤 오랜 시간이 지났는데도 그가 나타나지 않아 나는 되돌아 나오려고 했다.

나는 하인이 일부러 골탕을 먹기 위해 늦장을 부리는 것으로 오인하고 있었기 때문이다.

마침내 그가 돌아와서 나에게 말했다.

"당신을 만나시겠답니다."

그는 나를 데리고 응접실을 지나 대리석 계단 위로 갔다.

계단 위에는 말도 못할 정도로 부드러운 표정을 지으며 해골을 들고 있는 화사한 옷을 입은 여인의 초상화가 눈에 떠었다.

나는 전문적인 골동품 감식가는 아니었지만, 그것은 복사품이 아닌 진짜 17세기의 그림인 것을 알아볼 수 있었다.

"존스 씨십니다."

하인이 나를 소개했다.

나는 테이블 맞은편에 가냘픈 몸매를 가지고 있는 피셔 박사를 보았다. 그가 다른 사람들과 너무나 비슷한데 놀라움을 금치 못했다.

그는 나와 비슷한 나이로 보였으며 유별나게 콧수염과 머리카락이 이제 막 타오르기 시작한 불꽃 같은 빨간색을 띠고 있었다. 콧수염은 염색을 한 것처럼 부자연스러웠고 눈 밑으로 늘어져 있는 두꺼운 근육과 눈꺼풀은 어두운 음영을 드리우고 있었다.

창백한 얼굴에 얼룩져 있는 피곤한 기색은 밤잠을 제대로 자지 못했는지 불안감까지 느끼게 하여 주었다. 다만 커다란 책상과 함께 안락한 의자가 그를 지탱해 주고 있을 뿐이었다.

"앉으시오, 존스!"

그는 의자에 앉은 채 손을 올리거나 내밀지도 않고 메마른 음성으로 표정 없이 말했다.

그것은 초대라기보다는 명령의 이행일 뿐이었으며, 친절함 같은 것은 전혀 엿볼 수가 없었다.

나의 서 있는 모습은 잘 훈련된 그의 고용인의 한 사람으로서 그의 작은 호의를 받고 있는 듯했다.

나는 의자 하나를 잡아당겼다. 짧은 침묵이 흘렀다. 이윽고 그가 먼저 입을 열었다.

"나한테 할 얘기가 있다고 그랬소?"

"나는 분명 당신께서 나에게 할 말이 있으리라 생각하고 있습니다."

"어째서요?"

그가 물었다.

순간 그의 얼굴에 엷은 웃음이 스쳤다. 루이스가 경고하던 말이 문득 생각났다.

"나는 지난번 당신이 나를 찾아왔을 때까지 당신이란 사람이 이 세상에 존재하는지조차 몰랐소. 아무튼 그 장갑으로 숨긴 것은 뭐요? 무슨 불구라도?"

"한 손을 잃었지요."

"설마하니 당신은 그걸 나에게 상의하러 온 것은 아니라고 생각하오. 난 그 분야의 박사는 아니니까!"

"나는 당신의 딸과 함께 살고 있습니다. 우리는 곧 결혼을 하려고 합니다."

"결혼이란 항상 어려운 결정이라고 생각하고 있소."

피셔 박사가 말했다.

"하지만, 그건 당신이 해야 할 문제이지, 내 일은 아니오. 당신의 불구는 혹시 유전이 아닌가요? 내 생각으로는 무엇보다도 먼저 그것에 대해 의논해야 옳을 것 같소?"

"런던 작전 때 한 손을 잃었지요."

나는 한 손으로 의수를 매만지며 약간 불안한 음성으로 덧붙였다.

"루이스와 나는 당신께 먼저 이야기를 드렸어야 옳았다고 생각하고 있습니다."

"당신의 손은 나에게 아무런 상관없는 일이오."

"내 말은 우리들의 결혼 얘기 말입니다."

"그런 소식이라면 다른 사람을 시켜 전해도 될 걸 그랬군. 편지로 띄웠으면 더 번거로움을 덜었을 텐데…… 굳이 제네바까지 여행하지 않아도 되었을 걸 그랬소."

그의 말은 우리들의 집이 있는 베베이와의 거리는 마치 모스크바처럼 머나먼 곳으로 느끼게 해 주었다.

"당신은 딸에 대해 관심이 별로 없으신 것 같군요."

"당신이 나보다 그 애에 관해서는 더 잘 알고 있는 것 아니오.

그 애와 결혼까지 하겠다고 결심했으니까. 그리고, 당신은 내가
진 약간의 책임감으로부터 나를 해방시킨 은인이오."

"딸의 거처가 궁금하지 않으십니까?"

"그 애는 지금 당신과 함께 살고 있는 게 아니오?"

"맞습니다."

"당신의 이름이 전화번호부에 있을 것 아닙니까?"

"맞습니다. 베베이 주소란에……"

"그렇다면 당신의 주소를 적어 놓을 필요는 없소."

이렇게 말하며 그는 특유의 지나가는 듯한 위험스런 미소를
보냈다.

"존스! 비록 필요 없는 일이기는 했지만, 이렇게 찾아와 준
것은 참 예의 바른 행동이었소."

이 말은 곧 그만 나가 달라는 추방이었다.

"안녕히 계십시오. 피셔 박사님!"

내가 정중한 인사를 하고 거의 문 가까이 왔을 때, 그는 다시
내게 말을 걸었다.

"존스! 혹시 죽에 대해서 알고 있소? 진짜 죽 말이오.
퀘이커의 오트밀 말고 다른 종류의 것 말입니다. 그대가 웨일즈
사람이라면 잘 알고 있을 것이오. 당신의 이름이 웨일즈 지방의
이름이길래 한번 묻는 거요."

"죽은 스코틀랜드 음식입니다. 웨일즈가 아니죠."

내가 한 손으로 문의 도어를 밀면서 말했다.

"오! 내가 잘못 알았군. 고맙소 존스! 내 생각이 잘못이었소."

집으로 돌아오자, 루이스는 초조한 얼굴로 나를 맞았다.

"어떻게 하셨어요?"

"아무것도 하지 않았어."

"아버지가 당신에게 야만적으로 대하셨나요?"

"그렇다고는 할 수 없지. 그는 우리 두 사람에 대해 정말이지 완벽할 정도로 무관심하더군."

"아버지가 웃으셨나요?"

"웃더군."

"파티에 당신을 초대하시지 않으셨나요?"

"아니."

"하느님 감사합니다."

"지금 당신이 한 말은 피셔 박사님 감사합니다 하는 말이나 마찬가지의 얘긴가?"

내가 장난기 섞인 목소리로 말했다.

5

두 주일 후에 우리는 모든 증인들이 지켜보는 가운데 시청 별관에서 결혼식을 올렸다.

피셔 박사에게 결혼식 초대장을 보냈음에도 불구하고 그에게서는 아무 연락이 없었다.

우리는 매우 행복했다. 우리들뿐이었기 때문에 그 행복은 더했다. 물론 증인을 제외하고—우리는 시청으로 가기 30분 전에도 밀도 있는 사랑을 나누었다.

"케이크도 없고…"

신부인 안나 루이스가 말했다.

"들러리도 없고, 신부님도 없고, 가족도 없고 이건 완벽해요. 이런 식의 결혼은 참으로 엄숙해요, 정말로 결혼한 느낌이 들어요. 보통의 여느 결혼식은 파티 같더군요."

"피셔 박사의 파티처럼?"

"그것만큼 나빠요."

시청의 별관 뒤에는 내가 모르는 어떤 사람이 서 있었다. 나는 어깨 너머로 불안하게 그를 바라보았다. 그것은 내가 피셔 박사가 올 것을 50퍼센트 정도는 기대하고 있었기 때문인데, 내가 본 그는 키가 크고 깡말랐으며, 볼이 푹 패인 남자의 왼쪽 눈꺼풀의 경련으로 나는 그가 나에게 윙크를 한다고 생각했다.

그러나, 내가 답례로 윙크를 보냈을 때 그는 멍청한 눈초리를 보냈기 때문에 나는 그가 시장과 함께 온 시청 직원이라고 생각했다.

테이블을 한가운데에 두고 우리들을 위해서 의자 두 개가 놓였으며, 무슈 엑스코피에라는 증인이 우리 뒤를 초조하게 왔다 갔다 했다. 루이스가 무슨 말인가 속삭였는데, 나는 듣지 못했다.

"뭐라고 그랬나?"

"저 사람은 두꺼비 중의 하나예요."

"무슈 에스코피에가!"

나는 놀라워서 소리를 질렀다.

"아니, 아니, 저 뒤에 있는 사람 말예요."

그때 식이 시작되었다. 나는 뒤쪽에 있는 예의 그 사람 때문에 식이 진행되는 동안에도 불안한 마음이었다. 나는 영국식 예식 절차 중에 목사님이 혹시 이 두 사람이 신성한 혼인을 하는데 이의를 가진 사람이 있느냐고 묻는 것이 기억이 나자, 피셔 박사가 그 두꺼비를 그때 이의를 제기하라고 보낸 것이 아닌가 걱정이 되기 시작했다.

하지만, 그런 질문은 물어보지도 않았고 아무 일도 일어나지 않았다. 모든 것은 아무 탈 없이 진행되었다. 그리고, 시장은—나는 그가 시장이었다고 생각한다.—우리들과 악수를 하고 행복을 빌어 준 다음 테이블 뒤에 있는 문으로 바쁘게 사라져 버렸다.

"자, 이제 무엇 좀 드시지요."

나는 무슈 엑스코피에한테 말했다—그의 말 없는 봉사에 대해서 이것은 우리가 할 수 있는 최소한의 보답이었다.

"투로와 꾸롱드로 가서 샴페인을 터뜨리며 한 잔 안 하시겠습니까?"

그런데, 그 깡마른 남자는 아직도 홀 뒤쪽에서 우리들에게 윙크를 하며 서 있었다.

"다른 데로 나가는 문이 있습니까?"

나는 법정의 서기한테 물었다. 그가 서기였는지 모르겠지만, 테이블 뒤에 있는 문을 가리켰다.

"없습니다. 일반인이 사용할 수 있는 것은 저것뿐이오."

하고 대답했다.

다른 문은 우리가 나갈 수 없었다. 일반인들의 출입이 제한된 곳이었기 때문이다.

우리는 싫었지만, 그 두꺼비와 정면으로 직면하지 않으면 안 되게 되었다. 우리가 문에 다다르자 그 낯선 사람은 우리를 가로막았다.

"존스 씨! 내 이름은 벨몽입니다. 나는 피셔 박사가 보내신 것을 당신께 드리려고 가지고 왔습니다."

이렇게 말하며 흰 사각봉투를 내밀었다.

"받지 마세요."

루이스가 말했다. 우리 두 사람은 순진한 탓인지 어리석게도 그것이 영장일 것이라고 생각하였다.

"존스 부인, 아버님께서는 당신에게 무한한 축복을 보내셨습니다."

"당신은 조세 고문관이죠?"

그녀가 말했다.

"아버지의 무한한 축복이 무슨 가치가 있나요? 그것을 국고國庫에 신고라도 해야 하나요?"

나는 봉투를 뜯었다. 안에는 인쇄된 카드 한 장 외엔 아무것도 없었다.

'피셔 박사는 존스를(그는 경칭 없이 존스라고 적었다) 11월 10일 오후 8시 30분에 친구들과 함께 저녁 식사에 초대하고자 하오니 참석을 바라겠습니다.'

"초청장이에요?"

루이스가 물었다.

"그렇군."

"가시면 안 돼요."

"박사님께서 굉장히 실망하실 텐데요."

벨몽 씨가 말했다.

"그분은 특히 존스 씨께서 우리 모두와 함께 식사하시기를 바라십니다. 몽고메리 부인도 참석하실 예정이며, 킵스 씨와 우리의 소장님도……"

"두꺼비들 집단이군."

루이스가 빈정거렸다.

"두꺼비? 두꺼비라, 나는 그 말뜻을 모르겠군요. 아버님께서는 당신 남편을 그의 친구들 모두에게 소개시키기를 간절히 원하고 계십니다."

"하지만, 초청장에 나의 아내는 초대되지가 않았군요."

"우리들의 부인도 한 사람 초대되지 않습니다. 여자들은 없지요, 그건 우리 소규모 모임에 있어 규칙입니다. 그 이유는 모르겠지만요. 전에 딱 한 차례…… 하지만, 현재 몽고메리 부인이 유일한 예외랍니다. 그녀는 원래 여성의 대표라고 해도 될 거예요."

벨몽은 유감스럽게도 그 뒤에 속 보이는 말을 덧붙였다.

"그 여자는 참 좋은 여성이에요."

"오늘 저녁에 회답을 보내드리겠습니다."

내가 말했다.

"분명히 말씀드리겠는데, 오시지 않는다면 커다란 실책을 범하시는 게 됩니다. 피셔 박사님의 파티는 항상 즐겁답니다. 그분은 무척 유머 감각이 있으시며 대단히 관대하시지요. 우리들은 언제나 즐거움을 함께 할 수 있지요."

우리는 투로와 꾸론드에서 무슈 엑스코피에와 샴페인 한 병을 마시고 집으로 갔다. 샴페인 맛은 참으로 훌륭했다. 그러나, 결혼식 날의 거품은 이미 사라져 버렸다.

피셔 박사는 우리 두 사람 사이에 갈등을 불러일으켰다. 결국 내가 피셔 박사에게 반감을 가질 하등의 이유가 없다고 우기기 시작했기 때문이다.

그는 힘 안 들이고 우리의 결혼을 반대할 수도 있었으며, 적어도 불만을 표시할 수가 있었다. 그런데, 자기의 파티에 나를 초대함으로써 그는 어떤 의미에서 내게 거절하기조차 유치한 결혼 선물을 보냈던 것이다.

"아버지는 당신을 그 두꺼비들한테로 끌어들이려고 하는 거예요."

"하지만, 나는 두꺼비들한테 반감을 가질 이유가 없어. 그 사람들은 정말 당신이 말하는 것만큼 나쁜거야? 세 사람은 내가 이미 보았어. 몽고메리 부인이 별로 좋지 않다는 데는 나도 동의하지만……"

"그 사람들이 항상 두꺼비 노릇을 해 왔던 건 아닌 것 같아요. 아버지가 그들을 모두 타락시켰어요."

"타락하기 쉬운 사람만이 타락하는 법이야."

"그렇다면 당신이 그렇지 않다는 것을 어떻게 알아요?"

"나도 모르지. 그것을 알아낸다는 것은 좋은 일일 거야."

"그래서 당신은 아버지가 당신을 높은 자리로 데리고 가서 이 세상의 온갖 왕국을 보여 주길 바라는 건가요?"

"나는 예수가 아냐. 그리고 그가 사탄도 아니고……. 우리는 그가 전지전능한 힘을 갖고 있다는 사실에 동의했다고 생각하는데, 비록 그 전능한 신이 사탄과 매우 유사하다고는 생각되지만서도 말이야."

"아! 알았어요. 가서 어떻게 되든지 맘대로 하세요."

그녀가 소리쳤다.

그 싸움은 불이 죽어가는 장작더미와 같았다. 어떤 때는 불이 쇠해져 버리는 듯하다가도 불꽃이 다시 모여 다 타 버린 숯조각을 비추고는 갑자기 불길을 솟게 하는 강력한 것이 되기도 했다.

싸움은 그녀가 베개에 얼굴을 묻고 울음을 터뜨려 내가 항복을 해야만 끝이 났다.

"당신의 말이 옳아."

내가 말했다.

"내가 그 사람한테 빚진 건 하나도 없어. 한 장의 카드? 안 갈께! 안 간다고 약속할께."

"아니예요."

그녀가 울음 섞인 목소리로 말했다.

"당신이 옳아요. 내가 잘못했어요. 당신은 두꺼비가 아니란 걸 나는 알아요. 하지만, 그건 당신이 그 저주받을 파티에 가지 않는 게 얼마나 다행한 일인지 당신은 모르실 거예요. 가세요, 난 이제 화나지 않아요, 약속하겠어요. 당신이 가시는 걸 나도 원해요."

　그녀는 계속해서 말했다.

　"아무튼 그는 나의 아버지이니까요. 어쩌면 그렇게 나쁘지 않을지도 몰라요. 아마 아버지가 당신한테는 인정을 베푸실 거예요. 어머니한테는 안 그러셨지만요."

　우리는 싸움에 지쳤다. 그녀는 사랑의 달콤함도 원하지 않고 내 팔 안에서 잠이 들었다. 그리고, 곧 나도 잠이 들었다.

　다음 날 아침 초대에 대한 정식 답장을 보냈다.

　'A 존스는 피셔 박사의 초대에 기꺼이 응하겠습니다.'

　나는 혼자 이렇게 말하지 않을 수 없었다.

　"아무것도 아닌 일을 갖고 야단법석을 할 것 없어."

　라고 하지만, 나는 잘못을 범하고 있었다. 큰 잘못을 스스로 만들었던 것이다.

6

싸움은 다시 일어나지 않았다. 그것은 루이스의 대단한 장점 중의 하나였다.—그녀는 새삼스레 다시 싸움을 하거나 자신이 동의한 결정 사항에 대해 다시 꼬투리를 잡거나 하는 따위의 짓은 하지 않았다.

그녀가 나와 결혼하기로 마음의 결정을 하였을 때 그것은 평생을 걸고 한 결정이었음을 나는 잘 알고 있었다.

그녀는 내가 초청받은 파티에 대해 다시는 말을 꺼내지 않았으며, 그 후의 10일 동안은 내 일생에 있어 가장 행복했던 시간 중의 추억이 되게 해 주었다.

저녁 늦게 사무실에서 일을 끝내고 집으로 돌아올 때 불이 꺼져 있지 않은 내 아파트의 따뜻한 불빛과 사랑하는 사람의 목소리를 들으면서 함께 저녁 식사를 할 수 있다는 것은 나에게 상당히 큰 변화였다.

딱 한 번 마드리드에서 온 어떤 중요한 스페인 과자 장수를 사업상 만나기 위해 내가 제네바로 가야 했을 때 그 행복은 위협을 받는 듯했다.

그는 보리봐쥬에서 내게 어마어마한 점심을 사 주었지만, 나는 그 식사를 충분히 즐길 수 없었다. 애피타이저가 나온 이후부터 그가 계속 초콜릿 이야기만을 했기 때문이다.

그때 내 기억으로 그는 초콜릿을 약간 뿌린 알렉산더 칵테일을 시켰던 것 같다.

초콜릿이라는 주제는 다소 한정된 것처럼 생각될지 모르겠지만, 개혁적인 생각을 갖고 있는 중요한 과자 장수에게는 그렇지가 않았다.

그가 마지막으로 초콜릿 무스를 먹었는데 그 안에 오렌지 껍질 조각이 들어 있지 않았기 때문에 그는 그것을 혹독하게 품질을 깎아내렸다.

그 사람과 헤어졌을 때 나는 우리 공장이 제조한 모든 초콜릿을 시식해 본 것처럼 속이 이상했다.

그날은 묵직하게 내려앉은 축축한 가을날이었으며, 차를 세워 둔 곳으로 걸어 내려오면서 공기의 축축함과 호수의 습기, 그리고 혀에 엉겨 붙은 초콜릿 맛으로부터 도피하려고 하는데, 어떤 여자의 목소리가 들려 왔다.

"어머나 스미스 씨! 마침 잘 만났군요."

돌아다 보니 어느 값비싼 상품만 파는 가게 입구에 몽고메리 부인이 서 있었다.

"존스입니다."

나는 기계적인 말투로 대꾸를 했다.

"어머, 죄송해요. 기억력이 너무 없어서. 왜 당신을 스미스 씨라고 생각했는지 모르겠군요. 하지만, 상관없어요. 내가 필요할 건 남자이니까요. 남자 말이예요. 그저 그게 전부예요."

"그건 정리定理인가요?"

내가 물었다.

그러나, 그녀는 농담의 뜻을 이해하지 못했다.

그녀가 말했다.

"이리로 오셔서 당신이 갖고 싶은 것 네 개만 골라봐 주세요."

그녀는 내 팔을 잡고는 가게로 끌고 들어갔다. 가게 안에 진열된 호화로운 물건들을 보니 점심때 먹은 초콜릿보다도 더 속이 메스꺼웠다. 좀 가난한 사람들을 위해서 은과 돼지가죽으로 만든 물건들이 이 세상에는 많음에도 불구하고 거기에 있는 것들은 모두 금(18캐럿)과 백금으로 만들어진 것들이었다.

나는 곧 피셔 박사의 파티에 관해 들었던 소문을 기억하고 몽고메리 부인이 찾고 있는 것이 무엇인지 알 수 있었다.

그녀는 시가 커터가 들어 있는 빨간색의 모로코 가죽 케이스를 골라잡았다.

"이걸 갖고 싶으실 것 같군요."

몽고메리 부인이 물었다. 그 값은 대강 내 한 달치 봉급과 같은 액수일 것 같았다.

"나는 시가를 피우지 않습니다."

이렇게 말하면서 나는 약간 격양된 소리로 말했다.

"그런 선물은 좋지 않을 것 같군요. 아마 피셔 박사라면 자기의 결혼 파티에서 남들로부터 그런 선물은 받지 않았을 것입니다. 그러한 성품을 가진 딸과 결혼한 내가 그런 선물을 받을 수 있겠습니까?"

"당신은 분명히 말할 수 있나요?"

"아니요. 하지만, 그건 전부 칵테일 막대기와 같은 주체성 없는 생각이라고 말하고 싶습니다."

"하지만, 당신은 분명히 말할 수도 없는 처지잖아요."

그녀는 실망한 듯한 어조로 물으면서 시가 커터를 내려놓았다.

"모든 사람들―특히 남자들을 즐겁게 해 줄 수 있는 물건을 찾는 일이 얼마나 어려운지를 당신은 모르실 거예요."

"그냥 수표로 주면 되잖습니까?"

내가 약간 빈정대듯 말했다.

"사람들한테 수표로 주는 게 아니예요. 그건 모욕이에요."

"수표의 액수가 큰 것이면 누구도 모욕이라고는 느끼지 않을 겁니다."

나는 그녀가 내가 한 말에 대해 생각해 보고 있음을 알 수가 있었다. 그 후에 생긴 일로 비추어 보아 그녀가 피셔 박사에게 내가 한 말을 그대로 전했을 것이라는 것도 알고 있다.

그녀가 다시 입을 열었다.

"그건 안 될 거예요. 절대로 안 될 거예요. 장군한테 수표를 주는 것을 생각해 보세요. 그건 뇌물 같아 보일 거예요."

"그 장군은 옛날에 이미 뇌물을 다 받았을 것입니다. 좌우간 그가 진정한 스위스 사람이라면 장군이 될 수 없지요. 그래서, 그는 아마 소장 정도밖에 못 되었을 겁니다."

"그렇지만, 킵스 씨한테 수표를 주는 것도 그래요. 그건 생각도 할 수 없는 일이예요. 제가 이런 말을 했다고 아무에게도 말하지 마세요. 킵스 씨는 사실상 이 가게의 주인이예요."

그녀는 곰곰이 생각하는 듯 싶었다.

"금으로 만든, 아니 백금이 나을까? 수정 시계는 어때요? 하지만, 그들은 이미 이런 것들은 모두 갖고 있지."

"그들은 언제라도 선물로 받은 새 시계는 다시 팔 수 있지 않습니까?"

"그 사람들 중 누구도 선물을 파는 것은 꿈에도 생각지 않으리라는 것을 전 확신해요. 더구나 피셔 박사에게 받은 선물이라면……"

그녀의 말에 내 추측이 맞았다는 게 증명되었고, 그 두꺼비들에 대한 비밀은 풀어졌다. 나는 그녀가 하던 말을 그냥 삼켜버리려고 하는 듯이 참는 것을 자세히 지켜보았다.

나는 돼지가죽으로 만든 사진틀을 하나 골랐다. 내가 그 사진들을 어디에다 써야 할지 모르는 것처럼, 이 가게 주인도 우스꽝스럽게 영화배우 리처드 딘의 사진을 그 안에 집어넣고 있었다.

그 잘 생긴 애늙은이 얼굴과 항상 알코올 중독된 것 같은 그의 헤픈 웃음을 난 신문을 통해서 잘 알고 있었다.

"이런 것은 어떻습니까?"

내 말은 놀림과 같았다.

"오! 당신은 정말 안 되겠군요."

몽고메리 부인은 소리를 질렀다.

그러나, 그녀는 바로 그 경멸스런 제의조차도 그대로 피셔 박사에게 되풀이하는 수고를 했음을 나중에 알았다.

그녀는 내가 더 이상 자기의 곁에서 빈정대지 않고 떠난 것을 기뻐했으리라고 생각한다. 나는 결코 그녀에게 작은 도움도 주지 못했기 때문이다.

7

"당신은 아버지가 그렇게 싫어?"

스페인 과자 장수와 점심을 먹었던 일부터 시작해서 그날 있었던 일들을 하나하나 모두 이야기한 후, 나는 루이스에게 물었다.

"좋아하진 않아요."

그러면서 그녀는 말을 이었다.

"네! 분명히 아버지를 싫어하는 것 같아요."

"그건 왜?"

"아버지는 어머니를 비참하게 만드셨거든요."

"어떻게 말이오."

"아버지의 자존심 때문이었어요. 아버지의 지독한 자존심 말이예요."

그녀는 자기의 어머니가 얼마나 음악을 사랑했는지에 대해,

그리고 그녀의 아버지가 음악을 얼마나 혐오했는지—그 혐오에 대해서는 의심의 여지가 없었다—를 말해 주었다.

왜 그녀의 어머니는 남편 피셔 박사를 이해하려고 하지 않았을까? 마치 그것은 음악에 대한 그의 몰이해와 무지로써 그를 조롱한 것은 아니었을까?

'무지……?'

덴토필 부케를 발명하여 수백만 프랑의 부富를 축적한 사람이 과연 무지했을까?

그녀의 어머니는 혼자 음악회에 나가는 것이 유일한 즐거움이 었는데, 어느 음악회에서 그녀는 음악에 대한 사랑을 함께 나누며 즐길 수 있는 한 남자를 만났던 것이다.

그를 두 사람은 자기들이 즐겨 들을 수 있는 디스크를 사서는 그 남자의 집에서 비밀스럽게 함께 듣기도 했다.

피셔 박사가 현악기의 울음소리에 대해 말을 꺼낼 때면 그녀는 아무런 대꾸도 없이 침묵으로 일관했다.

정육점 근처에 있는 그 남자의 아파트는 산책하기에 알맞은 거리였는데, 그녀는 우울하거나 기분이 언짢은 날이면 3층에 있는 그 남자의 방으로 찾아가 한 시간 남짓 행복하게 아사 하이팻츠 음악을 들으면서 자기의 행복을 갈구했던 것이다.

그들 사이에 성관계는 없었다. 루이스는 이 점에 대해서는 그녀 나름대로의 확신을 갖고 있었다. 사실 그것은 정절과는 별개의 문제인지 모른다.

차라리 섹스에 관한 것이라면 피셔 박사가 월등히 밝히는

쪽이었다. 그녀의 어머니는 성적 충동에서 즐거움을 가질 수 없는 여자였다.

피셔 박사가 부부 관계에서 기쁨의 소리를 낼 때 그녀에게 있어서는 출산의 고통이었으며, 크나큰 고독감이었다. 수년 간을 그런 남편과 성관계를 가질 때마다 즐거워하는 듯한 가장된 표현으로 잠자리를 같이하곤 했다.

그녀의 남편은 아내가 성적 기쁨을 느끼는지에 대해서는 관심이 없었기 때문에 그를 속이기는 그리 어렵지 않았다.

그러므로 그녀가 그러한 수고를 하지 않아도 되었던 것은 당연한 일이었다.

이 일들은 어느 날 그녀가 히스테리 발작을 일으키고 자기 딸에게 한 이야기였다. 결국 피셔 박사는 그녀의 모든 것을 알게 되었다. 그는 미친 듯이 그녀에게 사실을 고백할 것을 강요했고 할 수 없이 그녀는 사실대로 말해 버렸다. 그는 그런 사실을 믿으려 하질 않았다. 아니면 믿었는지도 모른다.

그러나, 그녀가 어떤 남자로 인해 자기를 배신하는 것이나, 혹은 자기가 이해할 수 없는 하이팻츠의 미친듯한 음향으로 자기를 배신한 것은 그에게 아무런 변화를 주지 못했다.

그녀는 그가 따라갈 수 없는 영역에 갇혀 있음으로써 자기를 배신하도록 하는 상반된 감정 속에서 모든 고통을 감수하려고 했던 것이다.

그의 불붙는 듯한 질투심은 결국 그녀를 감동시켜 한 남자로서의 질투는 당연하다고 긍정까지 하게 되었다.

또 그녀는 확실치는 않았지만, 어떤 두려움 속에서 죄책감마저 느끼게 되었다. 그녀는 그에게 사죄를 하고 자신을 용서받기 위해 모든 것을 낱낱이 말해 주었다. 심지어 하이팻츠의 어느 판이 그녀에게 최고의 기쁨을 주었다는 것까지 말이다.

이러한 일이 있은 후부터 그녀는 남편인 피셔 박사가 무한한 증오심과 질투를 매개로 하여 하나의 완전한 남성으로서 자기를 사랑하는 것이라 느꼈다. 그러나, 그녀는 그것을 자기 딸에게 설명할 수는 없었다.

하지만, 그것이 어떠했을지 나는 상상할 수가 있었다. 마치 적을 찌르듯이 자기의 불타는 증오와 질투심으로 그녀가 절망하는 육체의 절정에서 복수의 대가를 찾는 피셔 박사를 말이다.

그렇지만, 그는 단 한 번만으로 고통과 기쁨을 주는 것으로 만족할 수가 없었다. 그것은 수천 번에 걸친 타격으로 그녀를 살해하는 방법이었다.

그는 그녀를 용서한다고 말했지만, 그것은 그녀의 죄책감을 증대시킬 뿐이었다. 왜냐하면 분명 용서받아야 할 일이 있기 때문이었다.

그러나, 그는 그녀의 배신을 결코 잊지 않겠다는 말도 하였다. 무슨 배신을 뜻함인가?

그리하여 그는 한밤중에 그녀를 깨워서는 그녀가 제일 혐오하는 그 짓을 치르는 것이었다.

얼마 후 그녀는 자기 친구—그 죄 없는 음악 애호가—의 이름을 알아내고는 그의 회사 사장에게 5만 프랑을 주면서 아무런 조건 없이 그를 해고시키게 했음을 알게 되었다.

"그 사장이 바로 킵스 씨였어요."

루이스가 말했다.

그녀의 음악 친구는 고작 사무원—조금도 중요하지 않는—으로서 얼마든지 다른 부서에서 일할 수 있는 평범한 사람이었다.

그가 가진 유일한 특출난 점은 음악을 사랑한 죄밖에 없었으나, 킵스 씨는 거기에 대해 아무것도 모르고 있었다.

피셔 박사에게 있어 그 남자가 돈을 못 버는 사람이었다는 사실은 더욱 굴욕감을 느끼게 해 주었다.

다른 어떤 백만장자로 해서 자신이 아내로부터 배신을 당하였다면 별로 개의치 않았을지도 모른다. 《신약 성서》가 그 상업적 성공에 대해 증명해 주지 않았다면, 그는 필시 예수님이 목수의 아들이었다는 사실을 경멸했을 것이다.

"그래서 그 남자는 어떻게 되었어?"

"그런 일이 있은 후에는 그의 행방에 대해서 더 이상 알 수 없으셨나 봐요."

루이스가 말했다.

"그 사람은 그냥 자취를 감추었대요. 그리고 나서 어머니도 몇 년 후에는 이 세상에서 종적을 감춘 거예요. 어머니는 그저 죽을 날만 기다리고 있는 어느 아프리카인과 같은 삶의 연속이었으니까요. 어머니는 단 한 번 자신의 사생활에 관한 것을 얘기해 주셨을 뿐이에요. 제 말이 어머니에 대한 전부예요."

"지금까지 당신 아버지는 당신을 어떻게 대해 왔다고 생각하지?"

"저한테 특별히 나쁘게 하신 적은 한 번도 없었던 것 같아요. 그만큼 관심도 없었던 거예요. 킵스 씨는 정말로 아버지의 가슴을 아프게 했던 사실을 알고 있는 단 한 사람이지요. 아버지의 상처는 지금까지 아물지 않은 것 같아요. 아마 그때 아버지는 인간을 증오하고 경멸하는 법을 배우셨던 것 같아요. 어머니가 돌아가신 후에 두꺼비들이 아버지를 즐겁게 해드리기 위해 불러온 자들이에요. 물론 킵스 씨가 그 첫 번째 두꺼비였어요. 아버지는 킵스 씨에 대해선 감정이 별로 좋지 않았지요. 왜냐 하면 아버지는 킵스 씨한테 자신의 비밀을 내보인 결과가 되었으니까요. 그래서 어머니를 철저하게 모욕한 것만큼 그를 모욕하지 않을 수 없으셨지요. 킵스 씨 자신도 그런 점은 잘 알고 있었으니까요. 아버지는 후에 그를 고문 변호사로 측근에 머물도록 했지요. 그래야 그의 입을 막을 수가 있었으니까요."

"킵스 씨한테는 어떻게 했어?"

"킵스 씨가 어떻게 생겼는지 당신은 모르실 거예요."

"알아! 맨 처음 당신 아버지를 만나러 갔다가 그 집에서 잠깐 보았어."

"그러면 그 사람의 허리가 너무 굽어 몸이 겹쳐질 정도인 걸 보셨을 거예요. 등뼈에 이상이 있나 봐요."

"그래, 난 그 사람이 꼭 7자처럼 생겼다고 생각했어."

"아버지는 유명한 아동 작가와 솜씨가 뛰어난 만화가를 고용해서 그 두 사람이 합작하여 《1달러를 찾기 위한 킵스 씨의 모험》이라는 만화책을 만들어 냈어요. 나도 그 책을 증정받았어요. 정말이지 난 킵스 씨란 인물이 실존 인물인 줄은 몰랐어요. 책은 무척 재미있었으나 가혹하리만큼 잔인하게 묘사되어 있었어요. 책에 나오는 킵스 씨는 항상 몸을 겹칠 정도로 굽히고 아스팔트 위에서 사람들이 떨어뜨린 동전을 찾고 있어요. 책이 출판된 때가 바로 크리스마스 시즌이라 아버지는—물론 돈을 벌기 위해서—서점의 모든 진열장에 대대적으로 전시하도록 하셨지요. 책은 몸이 굽은 킵스 씨가 길을 지나가면서 볼 수 있도록 모두 일정 높이에 전시해야 했어요. 변호사의 이름—특히 범죄 같은 일반 사범은 거들떠보지도 않는 국제적인 변호사일 경우에는—은 그가 사는 도시에서조차 여간해서는 잘 알려지지 않아요. 한 서점에서만 명예 훼손으로 고소당할까 봐 두려워 책 전시에 응하지 않았던 것 같아요. 아버지는 어떠한 비용이라도 지불하겠다는 확약만으로 모든 일을 처리하셨어요. 그 책은 인기를 얻었지요. 재판, 삼판, 사판 굉장히 찍었어요. 신문에서까지 크게 보도할 정도였으니까요. 아버지는 그것으로 굉장히 큰 기쁨과 함께 많은 돈을 버셨을 거예요."

"킵스 씨는 어떻게 됐어?"

"그가 그것에 대해 처음으로 알게 된 것은 특별 정찬 파티에 처음 왔을 때였어요. 킵스 씨를 제외하고 모든 사람들이 음식

접시 위에 작으면서도 엄청난 선물—금이나 백금으로 된—을 받았는데, 킵스 씨는 빨간 모로코 가죽으로 특별히 제본된 그 책을 싼 커다란 갈색 종이 꾸러미 하나를 선사 받았어요. 그는 굉장히 화가 났었을 텐데도 다른 사람들 앞에서 자기가 평상시처럼 좋은 척하지 않을 수 없었어요. 좌우간 아버지한테서 큼지 막한 변호사비를 받고 있는 이상 그렇게 하지 않을 수가 없었을 거예요. 싸움이나 언쟁을 벌이는 날에는 그가 아버지에게서 받는 돈이 없게 되는 거죠. 그 수입이 없으면 그는 무일푼의 신세였으니까요. 그 책이 판매된 만큼의 많은 돈을 받은 사람은 바로 그 사람이었는지도 모르지요. 아버지가 그것에 대해서 이야기를 다 해 주셨어요. 그 이야기가 퍽 재미있다고 생각하셨거든요. 나는 어째서 가난한 킵스 씨를 그렇게 하셨느냐고 아버지께 여쭤 보았지요. 물론 아버지는 올바르게 모든 것을 가르쳐 주지는 않으셨죠. 아버지는 제게 이렇게 말씀하셨어요. '난 더 늙기 전에 그 사람들과 재미나 속속들이 볼 테다.' 아버지의 이 말에 나는 '아마 아버지는 늙기 전에 친구들을 전부 잃게 될거예요.'라고 했어요. 그러자 아버지는 고개를 가로 저으시면서 '그렇지 않다. 내 친구들은 모두가 다 부자란다. 부자들이 가장 욕심이 많은 사람들이야, 그들은 자기의 재산 외에는 싫어하는 게 없지. 네가 정말로 조심해야 할 사람들은 바로 가난한 자들이다.'라고요. '그럼 우린 안심해도 되겠군요.'라고 내가 말하자, 아버지는 '그래. 우린 부자가 아니니까.'라고 하셨어요. 다시 나는 '네, 하지만 아버지의 견해로는 가난하지도 않을지 모르죠.'라고 말했지요."

그녀는 내가 도저히 따라갈 수 없을 정도의 지혜를 가지고
있었다. 아마 그것은 내가 그녀를 사랑했던 이유 중의 하나
였는지도 모른다.

8

　지금 나는 이 아파트에 혼자 있으면서 그 두꺼비들과의 파티에 참석하기 전에 우리가 함께 했던 행복을 기억해 보려고 한다.

　하지만, 어떻게 행복을 전할 수 있을까? 불행은 쉽게 나타낼 수가 있다. 나는 불행하다. 왜냐하면 하는 식으로 말이다.

　이것저것 좋은 구실들을 기억해 내지만, 행복이란 마치 제도사가 전혀 표시해 놓지 않은 지역에서 안개로부터 서서히 나타나는 태평양 한가운데 섬들—그중의 한 섬을 선원이 보고할 때와 같은 것이다.

　다시 한 세대를 보내는 동안 이 섬은 사라져 버리지만, 그것이 오래전에 없어진 망루에서의 상상 속에서만 존재했던 것인지 아는 항해사는 아무도 없었다.

　그때 내가 얼마나 행복했었는지 나 스스로에게 자꾸만 말하지만, 그 이유를 찾아보려고 헤아려 보면 내 행복을 설명할 만한 것은 전혀 찾을 수 없는 것이었다.

성적 욕구를 푸는 것이 행복한 것인가? 분명히 그것은 아니다. 그것은 흥분이다. 황홀경의 일종이며, 어떤 때는 고통에 가깝다.

행복이란 내 옆의 베개에서 나는 고요한 숨소리 같은 것인가. 아니면 저녁에 일터에서 돌아와 하나밖에 없는 안락의자에 앉아 제네바 신문을 읽고 있을 때 들리는 부엌의 소리일까?

우린 의자를 하나 더 살 수 있었음에도 불구하고 왠지 의자를 사러 갈 시간을 못 냈다. 그러다가 마침내 베베이에서 의자 — 그리고 인간적인 설거지 소리의 쾌활한 음향을 엔진 소리와 바꾸어 준 디시워셔도 함께 샀을 때 그 무한한 행복의 섬은 이미 안개 속으로 흔적을 감추어 버렸다.

그때 피셔 박사의 파티는 우리들을 위협하며 다가왔고, 우리들의 침묵을 가득 채웠다. 천사보다도 어두운 그림자가 우리들 머리 위로 지나갔다. 그러한 긴 침묵 끝에 나는 내 생각을 정확하게 나타냈다.

"역시 당신 아버지한테 편지를 보내 내가 참석할 수 없다고 말해야겠어."

"뭐라구요?"

"우리는 하루 휴가를 얻었다고 말이야—회사에서 그날 하루만을 허용한다고 말이지."

"11월 달에 휴가받는 사람이 어디 있어요?"

"그럼 당신이 아파서 당신 곁을 떠날 수가 있다고 하지."

"내가 말처럼 튼튼하다는 것은 아버지가 너무나 잘 알고 계세요."

그 말은 사실이었다. 그러나, 그 말은 순종이었음에 틀림이 없다는 것에 항상 상당한 주위가 필요했다.

그녀는 날씬하고 몸매가 무척 아름다웠다. 나는 그녀의 광대뼈와 두개골의 오목한 부분을 만지기를 좋아했다.

그녀의 힘은 주로 채찍만큼 강했던 그녀의 작은 주먹에서 발휘되곤 하였다. 내가 열지 못하는 병마개는 항상 그녀가 열어주곤 했었다.

"그러시지 않는 게 좋겠어요."

그녀가 말했다.

"당신이 초대를 허락하시기를 잘하셨어요. 이제 와서 그것을 취소하면 당신은 자신을 비굴하다고 생각하실 테고, 또 평생 동안 자신을 용서하지 못하실 거예요. 그럴 테죠. 그건 결국 파티에 불과해요. 아버지가 우리를 나쁘게 보실 이유가 없어요. 당신은 킵스 씨도 아니고 부자도 아니며, 우리가 아버지의 신세를 지고 있는 것도 아니잖아요. 조금도 달리 생각하실 필요가 없어요."

"그럴까?"

이렇게 말하면서 나는 그녀의 말을 믿었다. 파티 날짜는 이상스럽게도 빨리 다가오고 있었다. 거대한 구름이 바다 위를 어둡게 가렸으며, 행복의 섬은 시야에서 없어져 버렸다.

지도에 그 섬을 그려 넣을 수 있도록 위도와 경도들 나는 알지도 못했다. 내가 그 섬을 실제로 보았었는지조차 의심이 드는 시간이 온 것이다.

그날 쇼핑하며 또 한 가지 우리가 산 것이 있었는데 그건 스키였다.

루이스의 어머니는 자기의 딸이 4살 되었을 때부터 스키 타는 법을 가르쳐 주었기 때문에 그녀에게 있어 스키 타는 것은 걷는 것만큼이나 자연스러운 일이었다.

그때는 눈의 계절이 다가오고 있을 무렵이었다. 그녀가 베베이에서 나와 동거를 시작했을 때 스키는 자기의 집에다 두고 왔었다. 그 후 그녀로 하여금 아버지의 집으로 돌아가서 스키 장비들을 가지고 오게끔 할 수 있는 일이 생겨나지 않았다.

부츠도 사야 했다. 그날의 쇼핑은 매우 많은 시간을 허비했지만, 우리는 무척 행복했다. 무엇이든 간에 몰두해 있는 한 우리에게는 구름이 보이지 않았다. 스키를 고를 때 그녀의 놀라운 지식—스키에 대한—을 보는 것은 즐거운 일이었으며, 자기에게 맞는 무거운 부츠를 신어 볼 때처럼 그녀의 발이 예뻐 보인 적은 없었다.

내 경험에서 우연의 일치로 하여 행복을 느껴 본 적은 거의 없었다.

혼자 있고 싶은 낯선 호텔에서 아는 사람을 만났을 때

"아, 얼마나 다행스런 우연의 일치인가!"

하고 말하는 것은 얼마나 위선적인가?

집으로 돌아오는 길에 우리는 책방을 지나게 되었다. 나는 항상 어떤 책방이 건, 창문을 들여다보는 습관이 있다. 그것은 반사 작용과 같은 습관이었다.

그 책방에는 어린이용 책들로 가득 메워진 진열장이 있었다. 11월이 되면 모든 상점들은 벌써부터 크리스마스 대목을 준비하기에 열을 올리고 있었다. 나는 나의 자유스러운 시선으로 마음껏 눈요기를 하다가 한 진열장 속에 킵스 씨가 아스팔트 위에서 고개를 숙여 1달러를 찾고 있는 책을 발견하였다.

"아니, 저기 좀 보구려."

"네!"

루이스가 말했다.

"크리스마스 때는 항상 개정판이 만들어지게 마련이죠. 아마 아버지가 발행인한테 돈을 준 것이 아니라면……, 저 책은 아직까지도 아이들에게 많이 읽혀지는 모양이예요."

"킵스 씨는 자기 책의 판매를 위해서 분명히 피임약이 전 세계적으로 널리 사용되기를 바라겠군."

"스키가 끝나면 저도 피임약을 끊겠어요. 그럼 킵스 씨의 애독자가 한 명 더 늘겠지요. 여보?"

루이스가 장난어린 소리로 말했다.

"왜 그때까지 기다리는 건가?"

"전 아주 훌륭한 스키 선수예요."

그녀가 말했다.

"하지만, 인제나 사고는 발생할 수 있는 것이잖아요. 붕대를 감은 채 임신해 있는 건 싫어요."

우린 더 이상 피셔 박사의 파티에 대한 생각을 지워버릴 수가 없었다. 그 내일은 거의 다가왔고, 우리들 마음속에는 이미 그의 파티가 자리 잡고 있었다.

다가온 파티 날은 마치 언젠가 섬을 발견한 적이 있는 바로 그 작은 우리의 배 옆에 큰 상어가 코를 쿵쿵거리며 있는 것과 같았다. 그날 밤 우리는 몇 시간 동안을 잠도 안 자고 어깨를 마주 댄 채 누워 있었다.

그렇지만, 우리는 서로의 번민으로 거의 무한할 정도의 거리를 두고 격리되어 있었다.

"우린 참 바보예요."

루이스가 말했다.

"세상에 아버지는 우리한테 어쩌시려는 걸까요? 당신은 킵스 씨가 아니잖아요. 설사 아버지가 당신의 얼굴을 그려 온갖 상점마다 붙여 놓는다 해도 우리가 걱정할 게 뭐 있어요? 당신을 알아볼 사람이나 있나요? 또 아버지한테서 5만 프랑씩을 받고 있는 이상 당신의 회사가 당신을 해고하지도 않을 거예요. 그들에게 있어 그건 30분 동안에 만들어지는 수입이 아니니까요. 우리가 아버지한테 신세 지는 것은 하나도 없어요. 우린 자유로 워요. 저를 따라서 크게 말해 보세요, 자유롭다고……"

"아마, 그는 사람들을 멸시하는 것만큼이나 자유를 증오하는 거겠지."

"아버지가 당신을 두꺼비로 변하게 할 수 있는 길은 없어요."

"그럼 왜 그가 나를 오라고 하는지, 정말 알고 싶구만."

"그건 단지 사람들한테 아버지가 당신을 불러올 수가 있다는 것을 보여 주기 위해서예요. 아마 사람들 앞에서 당신을 모욕 주시려고 하실지도 몰라요. 그건 퍽 아버지다운 것이니까요. 한두 시간만 참으세요. 그리고 아버지가 너무 하다 싶으면 당신의 포도주를 아버지 얼굴에다 끼얹고 걸어 나오세요. 우린 자유롭다는 것을 항상 기억하세요. 자유롭다는 것을…… 여보, 아버지는 당신이나 나나 아무도 해칠 수 없어요, 우린 모욕당할 이유조차 없는 미약한 사람들이니까. 그건 술집에서 웨이터를 모욕하려는 것과 같아요. 자기 자신을 모욕하는 거죠."

"응! 알아. 물론 당신 말이 맞지. 분명 그건 어리석은 짓이지. 그래도, 나는 그가 마음속에 갖고 있는 생각이 무엇인지 알고 싶어."

그러다가 우린 결국 잠이 들었고, 그다음 날은 절름발이처럼 느릿느릿 킵스 씨처럼 저녁 시간을 향해 움직여 갔다.

피셔 박사의 파티에 휘감긴 비밀, 그리고 도저히 믿기 어려운 소문들의 홍수 등은 그 파티를 불길한 것으로 만들었지만, 분명 그 두꺼비들과 같은 그룹이 존재한다는 것은 그들 속에 무슨 즐거움 같은 게 있음을 의미하는 것이다.

킵스 씨는 그렇게 멸시를 당하고서도 왜 다시 나타났을까? 그것은 아마 그가 받는 변호사 의뢰료를 잃고 싶지 않기 때문인 것으로 설명할 수 있을 것이다.

그렇다면, 육군 소장은 어떻게 된 것인가? 그는 정말로 수치스러운 것을 참지 못할 사람으로 보였다.

중립국인 스위스에서 소장의 계급에 이르기는 쉽지가 않은 일이며, 퇴역 장군은 희귀하고 보호받는 새와 같은 지위를 갖고 있다.

나는 그 불안했던 날의 모든 것을 세세하게 기억할 수가 있다. 아침의 토스트는 탔고—그것은 내 잘못이었다—사무실에는 5분을 지각했다. 내가 포르투갈어에는 문외한이었는데도 불구하고, 포르투갈어로 된 두 통의 편지가 번역을 기다리고 있었다.

스페인의 과자 장수 때문에 나는 점심시간에도 일을 해야 했다. 그는 나와 함께 했던 점심 식사에 힘을 입어 20페이지에 달하는 제안서를 보내고는 그가 마드리드에 돌아가기 전에 대답을 해 줄 것을 요구했다(무엇보다도 그는 우리 상품 중의 하나는 바스크 사람들의 기호에 맞게 수정할 것을 원했는데 그것은 다소 내가 이해할 수가 없는 것으로 위스키 향을 낸 밀크 초콜릿에 대한 바스크인의 민족적 감정의 힘을 우리는 낮게 보고 있었기 때문이다).

나는 집에 너무 늦게 온 바람에 면도하다가 살을 베었고, 한 벌밖에 없는 검은색 바지에 다른 재킷을 입을 뻔하였다. 제네바에 가는 도중 주유소에 들러야만 했는데, 서둘러 바지를 갈아입는 바람에 크레디트 카드를 가져오지 않아 현금을 내야 했다.

이런 모든 일들은 불쾌한 저녁의 불길한 징조처럼 보였다.

9

다시는 보지 않게 되길 바랐던 그 기분 나쁜 하인이 문을 열었다.

문 앞에는 다섯 대의 값비싼 차들이 주차하고 있었는데, 그중 두 대는 운전사가 있었다.

하인은 내 작은 피아트 500을 보고는 비웃었으리라. 그리고, 그는 내 옷을 보고 경멸했을 거라는 생각이 들었다.

그의 눈썹이 치켜 올라가는 것을 내 눈으로 볼 수 있었다.

"이름이 누구신지요?"

분명히 기억을 하고 있음에도 불구하고 그가 물었다. 그는 런던 사투리가 섞인 콧소리로 말을 했다. 하인은 내 국적까지도 기억하고 있음이 틀림없었다.

"존스요."

내가 말했다.

"피셔 박사님은 이미 약속이 있으십니다."

"그는 나를 기다리고 있는 중일 거요."

내가 불쾌해진 음성으로 말했다.

"지금 피셔 박사님은 친구분들과 식사를 하고 계십니다."

"나도 그분과 식사를 하기로 되어 있습니다."

"초대장을 받으셨습니까?"

"물론 초대장을 받았소."

"그것을 좀 보여 주시겠습니까?"

"그만 집에 두고 왔소."

순간 하인은 얼굴을 찡그렸다. 허나 그가 나를 그대로 돌려보낼 수 있는 자신감을 갖고 있지 않을 거라는 것을 나는 확신할 수 있었다.

"피셔 박사님께서는 식탁에 빈자리가 있는 것을 좋아하지 않으시리라 생각하는데, 가서 여쭈어보시는 게 좋을 겁니다."

내가 좀 부드러운 소리로 말하자,

"이름이 뭐라고 하셨는지요?"

"존스라고 했잖소."

"따라오십시오."

나는 그의 흰 코트를 따라 홀 안을 지나 계단으로 올라갔다. 계단 끝에 와서 그는 나를 돌아다보며 말했다.

"만약 내게 거짓말을 하셨다간, 만약 손님이 초대받지 않았기만 하면……"

하인은 스파링하는 권투 선수처럼 주먹을 휘두르는 건방지고 어이없는 시늉을 해 보였다.

"당신 이름이 뭐요?"

내가 물었다.

"내 이름이 손님한테 무슨 소용이 있습니까?"

"단지 피셔 박사한테 당신이 그의 친구들을 어떻게 환영하는지에 대해 말해주고 싶을 뿐이요."

"친구들?"

그가 말했다.

"그분한테는 친구란 없습니다. 다시 말하겠지만, 마약 손님이 초대받지 않았다면……"

"난 초대받은 몸이요."

우린 지난번에 피셔 박사를 만났던 서재에서 서로 반대 방향으로 돌아섰다.

그가 문을 확 열어 제꼈다.

"존스 씨입니다."

그가 투덜거리듯 약간 느리게 말했다. 방 안으로 들어서니, 모든 두꺼비들이 동시에 나를 바라보고 서 있었다.

그들은 정찬 예복으로 단장하고 있었고, 몽고메리 부인은 긴 드레스를 입었다.

"들어오시오, 존스!"

피셔 박사가 말했다.

"준비가 되는 대로 빨리 저녁을 주게, 알버트!"

테이블 위에는 크리스탈 잔들이 놓여 있었는데 그 잔들은 위에 걸린 샹들리에의 휘황한 불빛을 받아 빛나고 있었다.

수프 접시들까지도 무척 비싼 것으로 보였다. 그 접시들을 보고 나는 약간 걱정이 되었다. 찬 수프를 먹을 계절이 아니었기 때문이다.

"이 사람은 내 사위 존스입니다."

피셔 박사가 말했다.

"여러분들께서는 그가 장갑을 낀 데 대해 양해를 해 주셔야겠습니다. 그의 결점을 덮어 주는 것이 예의이니까요. 여기는 몽고메리 부인, 킵스 씨, 무슈 벨몽, 리처드 딘 씨, 크뢰거 장군이오(피셔 박사는 크뢰거의 경칭을 현역 시절 그대로 사용하였다)."

나는 내게 발사된 최루탄 가스 같은 그들의 적대감에 서린 독기를 느낄 수 있었다.

왜 그럴까? 아마 그것은 내 검은 양복 때문일 것이다. 나는 아파트 설립자들이 말하는 '평판'의 자격을 낮추었던 것이다.

"나는 존스 씨를 만난 적이 있습니다."

벨몽이 마치 피고인을 증명하는 원고인 측 증인처럼 말했다.

"저도요. 아주 잠깐이긴 하지만요."

몽고메리 부인이 말했다.

"존스는 굉장한 언어학자랍니다."

피셔 박사가 말했다.

"그는 초콜릿에 관한 편지들을 번역하고 있지요."

나는 피셔 박사가 우리 회사에다 나에 대해서 자세하게 알아보았다는 것을 짐작할 수 있었다.

"존스, 여기 우리의 작은 파티에서는 영어를 사용하고 있어요. 리처드 딘이 유명한 배우임에도 불구하고 다른 나라 말을 못하기 때문이지요. 술이 조금 들어가면—세 잔만 마시면 프랑스말을 약간 하지만서도 영화에서는 프랑스어로 다시 녹음을 할 정도입니다."

딘을 제의한 모든 사람들이 영화 촬영을 시작하듯이 웃음을 터뜨렸다. 그는 단지 서글픈 미소만을 지었다.

"그는 한두 잔만 마시면 유머 감각과 무게감이 부족한 것 외에는 팔스타프Falstaff 역을 아주 잘해 내지요. 오늘 밤 우리는 그 회복을 위해 최선을 다할 것입니다. 글쎄 그의 유머는 우리 힘으로 되지 않겠지만, 그 외에 더 무엇이 필요한지 물어보세요. 여성들과 청소년 소녀들 사이에서 차츰 줄어 가는 명성이 그의 전부지요. 킵스, 당신은 즐거워하질 않는군요. 기분 나쁜 일이라도 있나요? 우리들이 늘 즐기던 애피타이저가 그리운 게로군요. 하지만, 오늘 준비된 것 때문에 식사를 망치고 싶지 않겠지요."

"아니, 아닙니다. 아무것도 기분 나쁜 것은 없습니다. 피셔 박사님, 조금도……"

"나는 항상 내 작은 파티에 대해 늘 말했지만, 모두들 즐겁게 노십시오."

피셔 박사가 약간 위엄 있는 음성으로 말했다.

"파티는 차라리 폭동 같아요."

몽고메리 부인이 말했다.

"피셔 박사님은 언제나 매우 훌륭한 주인이시죠."

크뢰거 장군이 생색을 내며 나한테 알려 주었다.

"그리고 너무나 관대하시고요."

몽고메리 부인이 말했다.

"내가 한 이 목걸이―이것은 지난번 파티에서 받은 상이었답니다."

그녀는 금으로 만들어진 무거운 목걸이를 걸고 있었다. 멀리 떨어진 곳에서 보았으나 그것은 크루거런즈 제품 같았다.

"모든 사람들에게는 항상 작은 상이 주어진답니다."

하고 소장이 중얼거렸다.

그는 정말로 나이가 많았으며, 백발이 성성한 데다가 잠으로 가득 찬 것 같았다. 그 사람만이 다른 사람들에 비해 나를 쉽게 받아들이는 것 같았기 때문에 나는 그를 가장 좋아했다.

"저기 그 상들이 있잖아요."

몽고메리 부인이 말했다.

"박사님이 선물을 고르시도록 내가 도와드렸지요."

그녀는 선물 꾸러미들이 쌓여 있는 보조 테이블 쪽으로 갔다.

크리스마스 이브가 되면 어린아이들이 양말 속에 어떤 선물이 들어 있는지 소리를 흔들어 보는 것처럼 그녀는 선물 중의 하나를 손가락 끝으로 만져 보았다.

"무엇에 대한 상인가요?"

내가 물었다.

"지성知性에 대한 상은 절대 아니오."

피셔 박사가 가로막으며 말했다.

"지성에 관한 것이라면 소장은 하나도 받을 수가 없을게요."

사람들은 모두 선물 더미를 바라보고 있었다.

"우리는 그저 그분의 약간의 변덕을 참기만 하면 되는 거예요."

몽고메리 부인이 설명을 했다.

"그러면, 박사는 상을 나누어 준답니다. 어떤 날 저녁에 는ㅡ믿을 수 있으시겠어요?ㅡ펄펄 끓는 물 한 사발과 살아 있는 가재를 주었답니다. 우리는 그것을 잡아서 각자의 요리를 해야 했어요. 어떤 가재는 장군의 손가락을 깨물었어요."

"아직까지 그때의 상처가 남아 있다오."

크뢰거 소장이 불평을 했다.

"행동으로써 그가 얻은 유일한 상처랍니다."

피셔 박사가 경멸스러운 시선을 던지며 말했다.

"그건 아주 법석이었어요."

몽고메리 부인은 내가 요점을 파악하지 못하고 있는 것을 설명하듯 말했다.

"아무튼 그것은 그녀의 머리를 파란색으로 바꾸었다오."

피셔 박사가 말했다.

"그날 밤 이전에는 니코틴으로 물들어 보기 흉한 회색 머리 였지……"

"회색이 아니예요.ㅡ원래 황금색이었어요.ㅡ또 니코틴 물이 들지도 않았었고요,"

"규칙을 기억하시오. 몽고메리 부인!"

피셔 박사가 명령조로 말했다.

"다시 한 번 내 말에 반박을 하시면 당신은 상을 잃게 될 거요."

"그런 일은 언젠가 한 번 킵스 씨한테 있었지요."

무슈 벨몽이 말했다.

"그는 18캐럿짜리 금제 라이터를 못 받았지요. 이것과 비슷한 일이었습니다."

그는 자기의 주머니에서 가죽 케이스를 꺼냈다.

"그건 내게 별로 큰 손실은 아니었지요. 나는 담배를 안 피우니까요."

킵스 씨가 장난스럽게 말했다.

"조심하지, 킵스! 내 선물을 모독하지 않는 게 좋아—안 그러면 오늘 밤의 선물이 두 번째로 당신 것만 사라질 테니……"

나는 생각을 해 보았다. 하지만, 확실히 이 집은 미친 박사가 통치하는 미친 집이었다. 다만, 나를 이러한 집에 지금까지 붙들어 둔 것은 호기심뿐이었다. 내가 그곳에 있었던 것을 어떤 선물 때문이라고 생각한다면 정말 잘못된 생각이다.

그때 피셔 박사가 말했다.

"우리가 저녁—메뉴를 정하는 데 상당한 정성을 기울인 만큼 여러분들이 즐기고 그 진가를 알아주시기를 기대하는—을 먹기 위해 자리에 앉기 전에 우리의 새로운 손님에게 식사 중 지켜야 할 예의를 설명해 드려야 될 것 같군요."

"무엇보다도 중요한 것은?"

벨몽이 말했다.

"아마, 실례일지 모르겠지만—그가 이 파티에 참석하는데 대해서는 뭐랄까, 투표를 해야 한다고 생각하는데요? 우린 일종의 클럽 같은 것이니까요."

킵스 씨가 말했다.

"저 역시 벨몽 씨와 동감입니다. 우리는 한 사람도 빠짐없이 각자의 위치를 알고 있습니다. 우리는 일정한 조건들을 수락합니다. 그것은 모두 기쁨에서 우러나온 것입니다. 처음 오신 분은 그것을 오해하기가 쉽습니다."

"1달러를 찾는 킵스 씨!"

피셔 박사가 말했다.

"당신은 우리들 중에서 이미 두 사람이 사망함으로써 줄어든 숫자만큼 상품의 가치가 오를 것을 기대하는 것같이 한 사람의 손님이 늘어남으로써 그 가치가 줄어들 것을 겁내고 있는 모양이군!"

침묵이 흘렀다. 킵스 씨의 눈을 보니 그는 치밀어 오르는 분노에 떨고 있었다. 그러나 그는 화를 내지 않았으며, 그가 말한 것은 다만,

"저를 오해하셨습니다."

하는 조용한 음성뿐이었다.

그 파티에 참석하지 않은 사람이 이 글을 읽으면 이 모든 것은 훌륭한 식사와 거나한 음주, 그리고 기분 좋은 우정을 나누기 전에 서로를 친근한 표현으로 놀리는 클럽 회원들의 유쾌한 장난으로밖에 들리지 않을지도 모르겠다.

그러나, 그 얼굴들을 지켜보면서 그러한 장난들이 얼마나 아슬아슬하게 진행되는지를 관찰한 나로서는 그 유머러스한 대화들 속에서 공허와 위선과 그 방 위에 걸려 있는 구름과 같은 증오—집주인의 입장에서는 손님들에 대한 증오, 그리고 손님들의 입장에서는 집주인에 대한 증오—를 보았다. 나는 완전히 이방인異邦人이었다.

그들 중의 한 사람도 나는 좋아하지 않았지만, 내 감정은 아직 증오라고 불리기에는 너무 약했기 때문이었다.

"그럼, 식탁으로 갑시다."

피셔 박사가 말했다.

"알버트가 음식을 가져오는 동안 우리의 새 손님에게 내 작은 파티의 목적에 대해 설명을 하여야겠군."

나는 주인의 오른편에 앉은 몽고메리 부인 다음에 앉았다. 내 오른쪽에는 벨몽이 앉았고, 내 앞에는 배우 리처드 딘이 앉았다. 집주인을 제외한 모든 손님들의 각 접시 옆에는 고급 이본느 병이 있었다. 그는 폴란드산 보드카를 더 좋아한다는 것을 알았다.

"우선!"

피셔 박사가 말소리를 가다듬었다.

"우리들의 두 친구들—오늘 같은 날에는 그렇게 불러도 될까요?—이 죽은 지 2주년이 되는 날입니다. 오늘은 그 두 사람을 기억하며 축배를 들기 바랍니다. 기묘한 우연의 일치로 나는 그런 이유 때문에 날짜를 잡았지요, 마담 패버욘은 자기 손으로 죽었습니다. 그녀는 더 이상 자기 자신에 대해 참을 수가 없었던 것 같습니다. 처음에는 그녀가 재미있는 연구 대상인 줄 알았었지만, 나 자신도 그녀를 참아내기 힘들었지요. 이 식탁에 모인 모든 사람들 중에서 그녀는 가장 욕심이 많았지요. 굉장한 욕심꾸러기였다는 말입니다. 또한 그녀는 여러분들 중에서 가장 부자였습니다. 당신들은 내가 당신들한테 하는 비판에 대해 거역하는 표시를 할 때가 한두 번은 모두 있었죠, 그래서, 나는 당신들이 잃을 우려가 있는 식후의 선물들을 기억시키지 않으면 안 되었습니다. 그러나, 마담 패버욘은 한 번도 그런 적이 없었습니다. 그녀는 무엇이든지 자기의 선물을 받을 수 있기 위해서는 어떤 것이라도 감수했습니다. 그만한 물건들은 자기의 돈으로도 얼마든지 살 수 있었는데도 말입니다. 그녀는 지긋지긋하고 입에 담기도 싫은 여자였습니다. 그렇지만, 나는 마지막에 이르러서는 그녀가 충분한 용기를 보여 주었다는 사실을 인정해야만 했습니다. 여러분 중에 한 사람이라도 그만한 용기를 보여 줄 수 있을지 의문입니다. 우리의 용감한 장군님일지라도 못할 겁니다. 여러분 중에서는 한 사람이라도 그의 불필요한 출현을 이 세상에서 없애 줄 생각을 해 본 일이 있는지 의문입니다. 그러므로, 나는 마담 패버욘의 영혼을 위해 축배를 들자고 하는 것입니다."

나는 다른 사람들이 다 그랬듯이 복종했다.

알버트가 커다란 캐비어 단지와 계란, 양파, 그리고 저민 레몬을 담은 조그만 은접시가 여러 개 놓인 은쟁반을 가지고 들어왔다.

"알버트가 내게 먼저 음식을 나누는 것을 양해해 주시구려."

피셔 박사가 말했다.

"나는 캐비어를 정말 좋아해요."

몽고메리 부인이 뒤이어 말했다.

"캐비어만 먹고 살 수도 있을 것 같아요."

"부인은 부인의 돈을 쓰려고만 한다면 캐비어를 먹고살 만한 돈은 있었을 텐데……"

"전 그렇게 부자가 아니에요."

"왜 나한테 구차스런 거짓말을 하는 거죠? 부인이 그만큼 부자가 아니었다면, 지금 그 자리에 앉아 있지도 못했을 겁니다. 나는 굉장히 부자인 사람들만 초대하고 있습니다."

"존스 씨는 어떡하고요?"

"그는 손님이라기보다는 관찰자로서 여기에 온 겁니다. 물론 내 사위로서 그는 굉장한 유산이 있을 것으로 상상할 수도 있겠지요. 유산도 부를 나타내니까요. 킵스 씨께서 그에게 정확한 내 명예만큼 내 유산에 대해 조정할 것으로 믿고 있어요. 그리고, 유산에는 세금이 부과되지 않으니 무슈 벨몽에게 문의할 필요는 없겠습니다. 알버트! 턱받이를 좀 주게."

처음으로 나는 그곳에 냅킨이 하나도 없음을 알았다. 알버트는 몽고메리 부인의 목 주위에 턱받이를 매어 주었다. 그녀는 기쁨의 환성을 질렀다.

"음, 가재! 나는 가재를 무척 좋아해요."

"우린 고故 무슈 그로즐리에게 건배하지 않았습니다."

장군이 턱받이를 매만지면서 말했다.

"나는 그 사람을 좋아한 적은 없습니다."

"그림, 알버트가 음식을 가져오기 전에 빨리합시다. 무슈 그로즐리에게 축배! 그는 암으로 죽기 전에 겨우 두 번 우리의 식사 에 참석했었습니다. 그래서, 그 사람의 성격을 파악할 시간적 여유가 없었지요. 암에 대해서 내가 미리 알았다면 그를 우리 파티에 참석하게 하진 않았을 것입니다. 나는 내 손님들이 좀 더 오랫동안 나를 즐겁게 해 주기를 바라고 있습니다. 아! 여기 식사가 왔군. 자, 이제 나도 음식을 먹기 시작해야겠습니다."

그때 몽고메리 부인이 비명에 가까운 소리를 질렀다.

"아니, 이건 죽이 아니에요? 찬 죽 말이에요."

"진짜 스코틀랜드식 죽이오. 그 맛을 음미하여야 합니다. 당신의 스코틀랜드식 이름과 함께 존스!"

피셔 박사는 손수 자기 그릇에 캐비어 한 그릇을 뜨고는 보드카를 따랐다.

"그것은 우리들의 식욕을 깡그리 망칠 겁니다."

딘이 절망적인 표정을 지으며 말했다.

"두려워들 하지 마시지. 모두들 따라서 하라는 건 아니니까."

"이건 좀 너무 하십니다. 피셔 박사님!"

몽고메리 부인이 말했다.

"찬 죽이라니 정말 그건 못 먹어요."

"그럼 먹지 마시오. 먹지 마시라고요, 몽고메리 부인. 규칙에 따라 당신은 조그마한 선물도 못 받게 될 것입니다. 사실을 말씀드리자면, 나는 특별히 존스를 위해서 죽을 만들게 했습니다. 처음에 나는 메추라기를 생각했었죠. 하지만, 한 손만을 쓸 수 있는 그가 어떻게 먹겠소?"

놀랍게도 나는 장군과 리처드 딘이 먹기 시작한 것과 킵스 씨가 그들을 따라 숟가락을 드는 것을 보았다.

"설탕을 약간 칠 수 있었으면……"

벨몽이 말했다.

"좀 나아질 것 같은데요."

"나는 웨일즈 사람들—아니, 아니, 생각나는군, 존스! 스코틀랜드 사람들이 그들의 죽 맛을 설탕이 망치는 것쯤 모독으로 여기는 것을 이해하겠소. 그 사람들은 심지어 설탕을 쳐서 먹기까지 한다는 이야기를 듣긴 했지만, 오늘은 설탕을 드릴 수가 없습니다. 여러분들께 소금을 드리도록 하게, 알버트! 몽고메리 부인께서는 그냥 굶기로 하셨군요."

"그렇지 않아요. 당신의 사소한 조크를 망치지는 않겠어요, 피셔 박사님, 소금을 주세요. 지금보다 더 죽 맛을 나쁘게 하지는 않겠지요."

일이 분이 지나자 신기하게도 모든 이들은 조용하게 그리고 무서울 정도로 열심히 먹고 있었다. 아마 그 죽은 그들의 혀에 싫게 들러붙었을 것이다.

"자네는 먹지 않는가, 존스?"

피셔 박사는 내게 물으면서 자기 접시에 캐비어를 조금 더 따랐다.

"별로 시장하지가 않군요."

내가 말했다.

"부자도 아니면서?"

피셔 박사가 말했다.

"여러 해 동안 나는 부자들의 욕심에 대해 연구해 왔소. '가진 자에게는 주어질 것이니라'—이 냉소적인 예수님의 말을 사람들은 문자 그대로 받아들이고 있지. 저녁 식사가 끝난 후 내가 건네주는 선물들은 그들도 쉽게 살 수 있는 것들이지. 그러나, 그것은 수표에 사인을 해야만 얻을 수 있는 것이라네. 부자들은 수표에 사인하기를 싫어하지. 그래서 크레디트 카드가 성공했어. 크레디트 카드 한 장으로 백 장의 수표를 대신할 수가 있거든. 그들은 공짜로 선물을 얻기 위해서 어떤 짓이라도 할 거고, 이것은 그들을 복종시키기 위해서 취한 가장 심한 시험 중의 하나이지. 저 사람들이 얼마나 빨리 차가운 죽을 먹어 치우는지를 보라고. 선물을 받을 시간이 어서 오도록 말이야. 유감스럽지만, 자네가 먹지를 않는다면 아무것도 얻을 수가 없을 걸세."

"나에게는 당신의 선물보다 더욱 가치가 있는 것이 집에서 나를 기다리고 있습니다."

내가 약간 유쾌한 음성으로 말했다.

"무척 용감하군."

피셔 박사가 말했다.

"하지만, 너무 자신을 갖지는 말게. 여자들이란 언제나

기다리는 게 아닌가. 없어진 한 손이 로맨스를 더해 줄 수 있을까 나는 의문이네, 알버트! 딘 씨께서 한 그릇을 더 원하시네."

"오! 전 아니에요."

몽고메리 부인이 말했다.

"두 그릇은 필요 없어요."

"이건 딘 씨를 위해 한 말입니다. 나는 그가 팔스타프 역을 잘할 수 있도록 살찌우고 싶은 겁니다."

피셔 박사가 조롱 섞인 음성으로 말했다.

딘은 격노한 시선으로 그를 쏘아 보았다. 그러면서도 그는 죽한 그릇을 더 받았다.

"물론 나도 농담을 하는 거예요. 딘은 브리트·에그란드가 클레오파트라 역을 하는 것만큼 밖에 팔스타프 역을 할 수 없지요. 딘은 배우가 아닙니다. 그는 섹스의 대상일 뿐이지. 십대 소녀들은 그를 숭배한다네, 존스! 옷을 입지 않은 그를 보면 그 소녀들이 얼마나 실망을 할까? 나는 그가 조루이기 때문에 괴로워한다는 믿을 만한 충분한 이유를 알지. 그 죽은 자네를 좀 늦춰 줄 것이오, 딘! 이 불쌍한 친구야. 알버트, 킵스 씨한테도 한 그릇 더 드리고, 몽고메리 부인도 거의 다 드신 것 같군. 어서 드세요. 장군! 어서 들어요, 벨롱! 모두가 죽을 다 먹기 전에는 선물은 없습니다"

나는 단 한 번의 채찍질로 사냥개 떼를 다루는 익숙한 솜씨를 가진 사냥꾼이 생각났다.

"저들을 보게, 존스! 그들은 다 먹기에 급급해서 술 마시는 것조차 잊어버리고 있다네."

"이분들이 죽을 먹는 데 무리가 없었다고는 생각하지 않는데요."

"저 사람들을 크게 웃어 주게, 존스! 그들은 자네의 비웃음을 나쁘게 생각하지 않으니까 말일세."

"난 저들이 하나도 재미있지 않은데요."

"물론 이런 파티에 심각한 일면이 있다는 데는 동감이야. 하지만, 마찬가지지. 여물통 속에서 먹이를 건져 먹는 돼지들이 생각나지 않나? 그들은 그것을 즐긴다고 볼 수도 있네. 킵스 씨가 셔츠 위에 죽을 조금 흘렸군, 알버트, 어서 닦아 드려."

"당신은 정말 구역질 나게 하시는군요, 피셔 박사님."

그는 시선을 내게로 돌렸다. 그 눈은 창백한 청색의 돌에 박힌 작고 반짝반짝하는 다이아몬드 같았다. 회색의 캐비어 방울이 그의 붉은 콧수염에 묻었다.

"자네가 어떻게 느끼는지 이해할 수 있기는 하지. 나도 그렇게 느낄 때가 있으니까. 하지만, 나의 연구는 끝까지 계속되어야 하네, 지금 와서 포기하지는 않아. 브라보! 장군님, 당신은 그들을 열광시키고 있어요. 당신은 숟가락을 잘 움직이고 있군요. 여보게, 딘! 자네의 여성 찬미자들이 이 순간 죽을 먹어 치우고 있는 자네를 보았으면 좋겠군."

"왜 이런 식으로 합니까?"

내가 물었다.

"내가 왜 자네한테 대답을 해야 하지? 자네는 우리들 구성원이 아니야. 앞으로도 아닐 테고…… 나한테서 유산을 기대하지는 말게."

"기대하지 않습니다."

"자네는 가난한 인간의 자존심을 가졌구먼. 하지만, 대답 못할 이유는 또 뭐야? 자네는 분명 내 아들과 같은데 말이지, 존스! 나는 우리의 부자 친구들의 욕심에 끝이 있는지를 알고 싶은 걸세. '이 만큼이면 더 필요 없느니라'하는 것이 있는지 또 그들이 선물 받기를 거절하는 날이 있을지를 말일세. 그들의 욕심은 분명 자존심으로도 끝이 안 나지. 자네 눈으로 오늘 그것을 확인할 수 있을 걸세. 킵스 씨는 '헤르 클럽Herr Krupo'처럼 호의를 얻기 위해서라면 히틀러와 함께 행복하게, 무엇이든지 나오는 대로 먹을 걸세. 장군은 턱받이에 죽을 쏟았군, 깨끗한 턱받이를 다시 드리지. 알버트, 오늘 밤은 실험 하나로 종막이 장식될 것으로 생각하네."

"박사 자신도 부자이지요. 당신의 욕심에도 끝이 있습니까?"

내가 물었다.

"아마 언젠가는 할 수 있겠지. 그러나, 나의 욕심은 그들의 욕심과는 종류가 다르지. 나는 자질구레한 것에 대해서는 욕심을 갖지 않는다네, 존스!"

"자질구레한 것들도 무슨 해는 없지요."

"나는 내 욕심을 신의 욕심과 다소 비슷한 성격의 것이라 생각하고 싶어."

"신이 욕심스럽습니까?"

"오! 내가 악마를 믿는 것 이상으로 하나님을 믿는다고는 추호도 생각하지 말게. 하지만, 신학神學이란 이제나 즐거운 지적知的 게임이지. 알버트, 몽고메리 부인이 죽을 다 드셨으니 접시를 치워 드리게, 내가 무슨 말을 했었지?"

"신이 욕심스럽다는 것 말입니다."

"신자들과 감상주의자들은 하나님이 우리들의 사랑을 탐낸다고 말하지. 하나님이 만드신 것으로 추측되는 이 세계로 미루어 보건대 하나님은 오직 우리의 모욕만을 탐낼 수 있을 뿐이야. 그런 욕심을 어떻게 다 할 수가 있으셨겠어? 그건 무한대야. 세계는 하나님이 끝없이 나사를 비트는 동안 점점 더 비참해지지. 하지만, 동시에 우리가 고통받는 모욕을 덜 수 있도록 선물을 주면서 말이야. 전면적인 자살은 그의 목적을 말살시킬 테니까 직장암, 연속되는 감기, 불규칙적인 배설, 예를 들자면 자네는 가난하지. 그래서 하나님은 조금 더 오래 만족할 수 있도록 조그만 선물로 내 딸을 준 거야."

"그녀를 내게 준 것이 진정 하나님이라면 나는 하나님께 경배를 하겠습니다."

"그렇지만, 아마도 몽고메리 부인의 목걸이가 자네의 그 사랑이란 것보다 더 오래 갈 걸세."

"어째서 하나님은 우리를 욕하셔야 합니까?"

"나도 모욕하기를 바라지 않는가? 그리고, 하나님은 그의 형상대로 우리를 만드셨다고 하잖아? 분명 하나님은 솜씨가 나쁜 기술자였던 것 같아. 그리고는, 자기 작품에 대해 실망을 하신 걸세. 사람들은 잘못된 물건을 쓰레기통에 던져 버리지, 저 사람들 좀 봐, 존스! 그리고 좀 웃으라고. 자네는 유머도 없나? 킵스 씨를 제외하곤 모두 그릇을 비웠어. 저 사람들이 지금 얼마나 안달을 하고 있는지 모르나? 벨몽도 자기 몫을 다 비워 가는군. 내 규칙에 꼭 맞는다고는 자신할 수 없지만 봐 주기로 하지. 조금만 더 참아 보시오, 친구들! 내가 내 캐비어를 다 먹을 동안만이라도…… 손님들의 턱받이를 풀어드려도 되겠네, 알버트!"

10

"그건 정말 지긋지긋했어."

나는 루이스에게 말했다.

"당신 아버지는 정말 미친 것 같아."

"정말로 미치셨다면 그보다는 덜 지긋지긋했을걸요."

그녀가 말했다.

"그 사람들이 당신 아비지 선물을 받으려고 서로 덤비는 모습을 봤어야 했는데,—킵스 씨를 제외하고 모두 말이야. 그는 토하기 위해 화장실을 가야 했지. 두꺼비들에 비하면 당신 아버지는 일종의 위업—악마적인 위엄을 갖고 있다고 해야겠어. 그들은 내가 자기들 게임에 함께 끼어 놀아 주지 않는다고 화들이 났지. 난 그 사람들과 한 덩어리가 될 수 없었어. 난 마치 친숙하지 않은 관객 같았어. 나는 그들을 향해 거울을 들어 올렸던 것 같아. 그래서, 그들은 자기들이 얼마나 그릇된 행동을 하고 있는지 의식하게 된 것이지. 몽고메리 부인은 내가 그 죽을 거절했을 때 당장 식탁에서 쫓겨났어야 한다고 말했어.

'여러분들 중에 누가 그와 같이 할 수 있습니까?'

당신 아버지가 이렇게 말했지.

'그러면, 선물들을 전부 어떻게 하시겠습니까?'

하고 그녀가 묻더군.

'아마 다음번에는 상금을 두 배로 할 것입니다.'

라고 당신 아버지가 말했어."

"상금이요.? 아니 그게 무슨 말인가요?"

"아마 그들이 모욕을 참는 욕심에 건 상금을 말하는 것 같더군."

"그럼 상이 어떤 것이었나요?"

"몽고메리 부인은 다이아몬드 왕관 같은 것에 붙어 있는 듯한 백금으로 세트한 아름다운 에메랄드를 받은 것 같았어."

"남자들은요?"

"18캐럿짜리 금시계—컴퓨터 등이 달린 수정 시계들이었지, 불쌍한 리처드 딘을 빼고는 말이야. 그는 내가 가게에서 본 적이 있는 돼지 가죽틀에 자기 사진을 낀 것을 받았어.

'당신은 사인만 하면 돼요.'

하고 피셔 박사가 그에게 말했지.

'당신이 원하는 십 대 소녀를 얻기 위해서……'

그는 화가 나서 나가 버렸어. 내가 그를 쫓아갔지. 그는 다시는 돌아오지 않겠다고 내게 말했어. 그가 그러더군.

'나는 내가 원하는 어떤 여자가 필요하지 사진은 필요치 않습니다.' 그리고 나서 그는 자기의 메르세데스 스포츠 카를 타더군."

"그는 다시 아버지 곁으로 돌아갈 거예요."

루이스가 말했다.

"그 차 역시 아버지가 선물한 것이니까요. 하지만, 당신은 돌아가지 않을 거죠?"

"물론이지."

"약속해요."

"응, 약속해."

내가 말했다.

그러나, 나중에 이야기하겠지만 죽음이란 약속을 무효로 만든다. 약속은 살아 있는 사람끼리 하는 것이기 때문이다.

죽은 사람은 이미 생존해 있는 사람과는 다르다. 사랑마저도 그 성격을 달리한다. 사랑은 더 이상의 행복이 아닌 것으로 사랑은 참을 수 없는 상실감으로 되어 버린다는 속성이 있는 것이다.

"그들을 보고 웃지는 않으셨어요?"

그녀가 물었다.

"웃을 것이 없었어."

"그건 분명히 아버지를 실망시키셨겠는데요."

그녀가 말했다.

그 후 더 이상의 초대는 없었다. 우리는 평화롭게 지낼 수 있었다. 그해 첫눈의 깊이만큼이나 고요했던 그 겨울은 얼마나 평화롭던지…….

눈은 내가 스페인과 중앙아메리카에서 온 편지들을 번역하는 사이에도 대지를 덮고 있었다(그해에는 눈이 11월이 다 가기 전에 왔다).

엷은 색의 거대한 유리 빌딩 밖에 내려앉은 눈의 침묵은 집에 있는 우리 두 사람 사이에 행복스럽게 자리 잡은 침묵과도 흡사했다.

그것은 마치 저녁 늦게 우리가 잠자리에 들기 전 마지막으로 카드 놀이를 할 때 테이블 건너편에 앉아 있듯이 내 사무실 책상 건너편에 나와 함께 침묵 속에 일을 하고 있는 것처럼 눈이 끊임없이 내리고 있었다.

11

   12월 초 주말, 나는 몇 시간 동인이지만 스키를 즐기려고 그녀를 데리고 레 디아블레드로 올라갔다.

   나는 스키를 배우기가 그리 쉽지가 않다는 생각과 늙었다는 기분이 들었다.

   그래 나는 카페에 앉아서 쥬르날 드 제네바Journal de Genève를 읽으며, 그녀가 영하의 하얀 눈이 내리깔린 언덕 아래로 한 마리의 제비같이 환^弧을 그리며 행복에 찬 모습을 보는 것만으로 스키에 몰두하는 내 마음은 기쁨으로 가득했다.

   스키장의 그 호텔은 이른 봄꽃이 필 때까지, 그러니까 눈이 있는 동안만 영업을 하고 있었다.

   호텔들은 크리스마스 시즌을 맞아 훌륭한 파티를 준비하느라고 법석댔다.

   나는 그녀가 촛불에 비추인 모습처럼 차가운 얼굴을 하고,

부츠를 신고 나를 만나러 눈 위를 걸어서 카페로 오고 있는
모습이 무척 사랑스러웠다.

"내가 이렇게 기뻐한 적이 있었는지 모르겠군."

나는 그녀에게 먼저 말을 걸었다.

"무슨 그런 말을 하세요."

그녀가 말했다.

"당신은 지난날 메리와 결혼하여 행복한 시간을 보냈을
텐데요."

"그래, 그녀를 사랑했었지."

내가 말했다.

"그녀와 난 동갑내기였지. 그런데도 난 이상스럽게 안정을 찾
을 수가 없었어. 그녀가 먼저 죽지나 않을까 하는 생각이 들었고,
그녀가 하는 행동이 늘 마음에 걸렸지. 하지만, 난 이제 일생의
동반자로 당신을 얻었소. ─당신이 나를 떠나지 않 는다면…….
만일 당신이 내 곁을 떠난다 해도 그건 모두 내 잘못 때문으로
생각하겠소."

"저는 어때요? 우린 어디를 가든지 함께 가야 해요. 그리고
오랫동안 함께 살아야 하고요."

"내가 노력을 하지."

"그래요, 똑같은 시간에 우리 함께 죽어요."

"같은 시간이라!"

나와 그녀는 신이 나게 웃었다.

지금 우리들에게 죽음이란 심각한 문제가 되지 않았다. 우리는

마지막 그날까지 함께 있을 것 같았다―매일 매일을 더 많이, 언제나 우리는 이렇게 말했다.

그가 우리에게 강력한 인상을 심어 주지는 않았지만 피셔 박사는 내 우려하는 마음속 어딘가에서 좀처럼 사라지지 않는 것을 느껴야 했다.

어느 날 밤 나는 그에 대한 꿈을 강렬하게 꾸었다.

피셔 박사는 검정 옷을 입고 파헤쳐져 있는 묘지 옆에 서 있었다. 나는 구덩이의 반대편에서 그를 보고 경멸스런 어투로 그에게 소리를 쳤다.

"당신, 지금 누구를 파묻고 있는 거요, 박사? 그건 당신이 발명한 덴토필 부케 치약이겠군. 그렇지 않소?"

그는 머리를 들고 나를 쳐다보았다. 그는 눈물을 흘리고 있었다. 그의 눈물을 보자 갑자기 그가 천하다는 생각이 들었다. 나는 여기서 잠이 깨어나 큰 소리로 루이스를 깨웠다. 인간이 꿈으로 인하여 감정이 연약해진다는 것이 이상스러웠다. 꿈에서 피셔 박사는 일하기 위해서 나를 동반하고 있었다. 그는 어떤 생각에서인지 한참을 멍하니 서 있어야 했다. 그는 내 꿈 속에서 줄곧 슬픔에 차 있었다.

초대받아 온 손님들에게 인간 욕망의 추잡스러운 이면을 들추어내게 한 다음 그것을 강제로 사람들에게 발표하게 하여 경멸과 조롱을 즐기며 미친 파티를 열던 피셔 박사가 아니었다.

나는 안나 루이스에게 우리가 그녀의 아버지에게 너무 심하게 하는 것이 아닌지를 물었다.

"그게 무슨 말씀이세요?"

그녀가 말했다.

"당신 아버지는 호숫가의 그 큰 집에서 혼자 외롭게 살고 있잖아."

"아버지는 친구들이 있어요. 당신도 그 사람들을 직접 보셨잖아요."

그녀가 말했다.

"그 사람들은 아버지의 친구가 아니야, 친구가 될 수 없어."

"아버지는 어느 사람이든 간에 알맞게 만드실 수 있는 분이예요."

그러자, 나는 루이스에게 좀 전에 꾼 꿈 이야기를 들려 주었다.

"아마, 그 무덤은 어머니의 무덤이었을 거예요."

그녀는 간략하게 이 말만 하였다.

"아버지가 그곳에 왔었나?"

"네, 참석하셨어요. 하지만, 난 아버지에게서 작은 슬픔도 찾아볼 수 없었는걸요."

"그런데, 무덤이 파헤쳐져 있던데. 내 꿈 속에서는 관도 보이지 않았고 관리하는 사람도 없었어. 사람이라곤 나하고 당신 아버지 뿐이었어. 슬퍼하는 사람조차 없었고…."

"장례식에는 여러분들이 오셨어요. 어머니는 여러분들에게 사랑을 받으셨지요. 하인들도 모두 왔구요."

그녀가 말했다.

"알버트도 왔었나?"

"알버트는 그때 없었어요. 어머니가 돌아가시자, 집에서 일하던 하인들은 나이가 많든 적든 모두 집을 떠났어요. 그래, 아버지는 자신의 의사와는 상관없이 모두 낯설은 사람들과 다시 생활을 시작해야 했지요. 이제 당신 꿈 얘기는 그만하시지요. 그건 스웨터의 실 끝을 찾는 것이나 똑같은 짓이예요. 당신이 올을 잡아당기면 스웨터 전체를 풀기 시작하는 것과 같으니까요."

그녀의 말이 옳았다. 내가 꾼 꿈을 시원하게 해몽해보려는 것은 스웨터의 올 끝을 찾는 것과 같이 무모하다는 생각이 들었다.

우린 지금 너무 행복에 넘쳐 있는 모양이었다. 우리만이 살고 있는 너무 먼 세상에 도피해 있으므로 이런 상반된 꿈의 영상을 보았던 것인지도 모른다. 꿈에 대한 얘기만 할 정도로 우린 행복했었다.

다음날은 토요일이었다. 그래서, 나는 일을 나가지 않았다. 안나 루이스는 자기 마음에 두고 있는 음악가의 테이프를 원했다(그녀도 자기의 어머니처럼 음악을 좋아했다).

그리하여, 우리는 베베이에 있는 레코드점으로 갔다. 안나 루이스는 모차르트의 '주피터 교향곡'의 테이프를 원했다.

상점 안에서 나이가 지긋한 사람이 우리를 맞으러 나왔다. (나는 왜 그를 나이가 지긋한 사람이라고 썼는지 모른다. 그가 나보다 나이가 더 많다고 생각지 않았기 때문인지?)

나는 프랑스 가수들의 앨범을 천천히 구경하고 있었다. 그가 와서 무엇을 도와 드렸으면 좋겠느냐고 물었다.

난 그에게서 점원 이상의 무언가를 느꼈다. 그의 겸손한 표정,

장사에 영악해져 있지 않고 뭔가에 도달해 있는 사람 같은 표정이 나의 시선을 자극했다.

나는 이 가게에서는 주피터 교향곡을 찾는 사람이 없을 거라는 생각이 들었다. 그 가게는 팝 뮤직을 다룬 판만이 주요 상품이었다.

"아! 41번 교향곡이요."

그가 소리치듯 말했다.

"그 곡은 비엔나 심포니 오케스트라가 연주한 매우 훌륭한 거지요. 그런데, 그게 우리 가게에 있을 것 같지가 않군요. 클래식 음악을 찾는 사람이 없거든요."

이렇게 말하며 나이답지 않게 수줍은 미소를 띠며 말을 이었다.

"저도 그 곡을 좋아합니다. 기다리시는 게 괜찮으시다면 창고에 내려가 한 번 찾아보겠습니다만……"

그는 내 어깨 너머로 루이스를 유심히 살폈다(그녀는 등을 돌리고 무언가를 찾고 있었다). 그리고는 말을 계속했다.

"내가 찾기는 해보겠지만, 창고에 모차르트의 다른 교향곡이 있는지 모르겠습니다."

루이스는 등을 돌리고 있으면서도 그가 말하는 것을 모두 듣고 있었던 모양이었다.

"만일 당신이 대관식 미사에 간다면?"

그녀가 이렇게 말하다가 말을 뚝 끊었다.

그 말을 듣고 점원은 루이스를 묘한 표정을 지은 채 쳐다보았기 때문이었다.

"대관식 미사라?"

그는 그녀의 말을 되풀이하면서 중얼거렸다.

"모차르트의 교향곡 중 있는 것은 모두 다 보여주세요."

"모차르트?"

그는 다시 그 말을 따라 하면서 창고로 찾으러 갈 기색이 아니었다.

"네, 모차르트요."

그녀는 강한 어투로 말하면서 회전 케이스에 진열되어 있는 테이프를 보기 위해 저쪽으로 갔다.

순간 그 사람의 눈도 그녀를 따라 움직였다.

"팝 뮤직이군, 오로지 팝 뮤직뿐이군요."

회전 케이스를 돌려 가며 그녀가 말했다.

"아! 죄송합니다, 손님! 제가 창고에 가서 한 번 찾아보겠습니다."

그는 가게 뒤쪽 문으로 천천히 걸어갔다. 출입구에 서서 뒤를 돌아보며 안나 루이스에게 먼저 시선을 던지고 난 다음 나를 보면서 말했다.

"약속을 하지요. 제가 최선을 다해서 찾겠다고……"

그가 두려움이 깃든 얼굴을 해 가지고 아래로 고개를 숙이는 그의 석연치 않은 몸가짐은 나에게 무언가의 도움을 청하는 것 같았다.

나는 그의 곁으로 천천히 다가갔다.

"어디가 불편하신가요?"

내가 물었다.

"아, 네. 가슴이 조금 아프군요. 그냥 조금 있으면 됩니다."

"당신은 좀 쉬셔야겠습니다. 내가 다른 점원을 불러서 부탁을 하지요."

"아닙니다. 그러실 필요 없으십니다. 제 말을 믿으십시오. 그런데, 제가 뭘 좀 여쭤봐도 될까요?"

"네, 그렇게 하시지요."

"함께 오신 여자분 말입니다."

"아! 제 아내 말씀입니까?"

"네, 선생님 부인되시는군요. 그분을 뵈니 여러 가지 생각이 나는군요. 저를 건방지다고 나무라실지 모르겠지만, 제가 알았던 숙녀 중에서…… 물론 오래전의 일이긴 합니다. 그리고, 그녀는 지금 할머니가 되었을 겁니다. 거의 내 나이일 테니까요. 그 젊은 숙녀, 당신의 부인 말입니다."

"그녀는 피셔 박사의 딸이지요. 제네바의 피셔 박사 말입니다."

내가 말해 주었다.

그는 나와 내 아내를 위해 기도라도 하려는 것처럼 조금씩 비틀거리더니 무릎을 꿇고 결국 다리를 바닥에다 들이받으며 꼬꾸라졌다.

그때 TV를 보고 있던 한 소녀가 나를 도우려고 급히 달려왔다. 나는 그를 일으켜 세우려고 무진 애를 썼다. 그러나, 아무리 가벼운 몸이라도 기진하여 움직이지 못하게 되면 무척 무거운

중량을 주는 법이다. 간신히 그를 뒤로 편하게 눕히자, 소녀는
그가 숨을 잘 쉬도록 옷깃을 열어젖혔다.

"오! 가엾은 스타이너 씨."

하고 소녀가 말했다.

"무슨 일이예요?"

루이스가 보고 있던 테이프를 회전 케이스에 넣고 다가오면서
물었다.

"가슴이 조금 아프다는군."

"오! 가엾은 할아버지……"

소녀가 말했다.

"전화해서 구급차를 부르는 게 낫겠는데."

내가 소녀에게 말했다.

그때 스타이너 씨가 눈을 가냘프게 떴다. 그들 내려다보는 세
얼굴이 있었다. 그러나, 그는 한 얼굴만 유심히 쳐다보며 미소를
지었다.

"도대체 이게 무슨 일이지, 안나?"

그가 물었다.

그러자, 바로 앰블런스가 왔다. 우리도 가게 밖으로 들것을
따라 나갔다.

차 안에서 루이스가 말했다.

"그 사람이 내게 말을 했어요. 그가 내 이름을 알고 있던걸요."

"그는 안나 루이스라 하지 않고, 그저 안나라고만 하던걸.
그가 당신 어머니 이름을 알고 있더군."

그녀는 아무런 말도 하지 않았다. 그러나, 그녀는 내가 몹시 궁금해 한다는—어머니의 이름을 아는 점원에 대한—것을 알고 있었다.

점심 식사 때 그녀는 내게 다시 물었다.

"그 사람의 이름이 뭐라고 했나요?"

"그 가게 소녀가 부르는데 스타이너라고 하더군."

"난 잘 모르겠어요. 어머니는 그저 그라고만 부르셨거든요."

점심이 거의 끝나 갈 무렵에 그녀는 내게 다시 말했다.

"병원에 한 번 가 보시지 않으시겠어요. 상태도 알 겸해서요. 전 갈 수가 없네요. 제가 가면 뭔지 모르지만, 또 충격을 줄 테니까요."

나는 언제나처럼 평범한 복장을 하고 병원으로 그를 만나러 갔다. 그는 눈을 크게 뜨고 천정만 바라보고 누워있는 늙고 수염이 무성한 남자와 같은 방을 쓰고 있었다.

하얀 페인트가 칠해져 있는 천정만 쳐다보고 있는 그 사람의 눈동자는 조금도 움직이지를 않았다. 한참만에 한 번씩 껌벅거리는 것만 없다면 꼭 죽은 사람으로 생각했을 것이다.

"이렇게 문병을 와 주셔서 감사합니다."

스타이너 씨가 말했다.

"걱정하실 정도는 아닌가 봅니다. 내일쯤 내가 물건을 들 수 있는 상태가 되면 퇴원하게 될 겁니다."

"내일은 일요일인데요?"

"할 수 없는 일이죠. 저는 무거운 것을 들 수 없는 모양입니다.

그 여자아이는 지금 TV를 열심히 보고 있을 겁니다."

"당신은 무거운 것을 드셔서 그런 것이 아닙니다."

내가 말했다.

그러면서 나는 같은 방의 노인 환자를 바라보았다. 그는 내가 들어온 이후로 조금도 움직이질 않았다.

"그분에게 신경 쓰실 필요는 없습니다."

스타이너 씨가 말했다.

"그분은 말도 못하고, 당신이 얘기하는 것도 듣지 못합니다. 저는 가끔 그분이 무엇을 생각하고 있는지가 무척 궁금할 정도지요. 그분의 상태가 어떻다는 것보다 그런 오랜 여행이 어떤지 말이죠."

"나는 당신이 배를 타고 여행을 떠나려 하던 그 가게에서부터 궁금해 하고 걱정을 했습니다."

"제가 그때는 운이 아주 없었나 보군요."

그에게는 죽음에 대항해서 싸울 의지와 깊은 투지가 없는 것이 분명했다.

"당신의 부인은 어머니의 얼굴과 너무도 닮았어요. 전체적인 모습도 그 나이 때 그대로였습니다."

그가 말했다.

"그게 바로 당신에게 충격을 주게 된 것이군요."

"처음 나는 제가 착각에 서 있는 것이 아닌가 했어요. 전 그녀가 죽은 뒤에 여러 여자들에게서 그녀와 닮은 데를 찾는 데 혈안이었습니다. 그러나 결국 포기하여 버렸죠. 그런데, 오늘 아침 당신이 부인의 이름을 부르는데 제 귀가 번쩍 띄었습니다. 난 그녀가 아직 살아 있구나 하고 순간적으로 생각했지요. 난 신문에서 그녀가 죽었다는 것을 분명히 보았거든요. 스위스의 백만장자 부인이었지요. 당신은 그녀의 딸과 결혼했으니, 제 이야기를 알아 두시는 것이 좋겠군요."

"나는 백만장자를 두 번 만났습니다. 그게 전부이지만, 그것으로 그를 충분히 알 수 있었습니다."

"당신은 그의 친구가 아닌 모양이군요?"

"네, 전 친구가 아니예요."

"그 사람은 매우 냉혹한 사람이지요. 그 사람은 나와 안면도 없었습니다. 그런데, 나를 직장에서 쫓겨나게 뒤에서 갖은 공작을 다 꾸몄던 것입니다. 그가 그녀를 죽인 거나 다름없습니다. 비록 그녀가 잘못했더라도 말입니다. 나는 그녀를 사랑했지만, 그녀는 저를 사랑하지 않았습니다. 백만장자는 조금도 걱정할 일이 없었지요. 우리 사이에는 조금도 이상한 일이 없었으니까요."

이 말을 하고는 얼른 건너편의 노인을 쳐다보고는 안심이 된다는 표정이었다.

"그녀는 음악을 무척 사랑했어요. 특히, 모차르트를 좋아했습니다. 우리 집에 주피터 교향곡 판이 있는데, 난 그걸 당신 부인에게 선물하고 싶습니다. 부인에게는 내가 창고에서 그 판을 찾았다고 하면 되겠습니다."

"우린 전축이 없습니다. 겨우 있다는 게 카세트뿐이랍니다."

"그렇죠. 전축은 카세트보다는 이전 시대의 산물이지요. 자동차보다도 더 빨리 나왔으니까."

나는 그에게 물었다.

"그게 무슨 뜻입니까? 그건 어떤 사건과 관련이라도 있다는 말인가요?"

"모든 게 내 잘못입니다. 모차르트의 음악, 그리고 그녀의 외로움, 그녀는 외로움에 빠져야 할 이유가 없었거든요."

그는 말을 하면서 울화가 치미는 모양이었다(그러니까 나는 이제 그가 무엇과도 싸울 수 있는 힘을 길렀는지, 그런 시간은 충분했는지를 생각해 보았다).

"아마 백만장자는 외로움이란 것을 다른 심리적 갈등으로 여겼던 모양이더군요."

"그래 두 분은 연인 사이였습니까?"

내가 물었다.

"내 아내 안나 루이스가 곁에 있었다면 내가 이렇게 물어볼 수는 없을 것입니다만."

"그렇지 않습니다. 연인이라뇨?"

그가 말했다.

"당신은 우리 사이를 연인이라는 말로 표현해서는 안 됩니다. 연인은 두 사람이 서로 사랑해야 되니까요. 그녀는 어느 날 내게 말하더군요. 남편이 내 사무실로 전화를 한다는 거였습니다. 우린 결코 그의 행동이 옳지 못하다는 것을 알았죠. 결코 옳지 못한 짓이라는 것을 말입니다. 나는 그녀의 말 중에 무엇인가를 숨기고 있다는 것을 느낄 수 있었습니다. 그래, 장래에 어려운 일들이 그녀에게 일어나리라는 것이 머리에서 쉽게 떠올렸지요, 결코 행복하지 못하리라는 생각 말입니다."

"아내의 말을 빌리면 그녀는 자살할 수 있을 정도로 의지가 깊다고 하던데요."

"맞습니다. 그런데 저는 마음이 모질지가 못해요. 그녀의 죽음은 좀 이상했죠. 그녀는 나를 사랑은 하지 않았습니다. 그런데도 그녀는 죽었어요. 나는 그녀를 무척 사랑했는데 이렇게 살아 있습니다. 난 그녀의 묘지까지 따라가 볼 수 있었습니다. 다행히도 그녀의 남편과는 한 번도 만나 본 적이 없었거든요."

"그녀의 죽음에 대해 슬퍼하는 사람들이 있었겠군요. 그러니까 안나 루이스하고 그녀의 하인들……"

"무슨 의미의 얘기인지? 그가 울더군요. 나는 그가 우는 것을 보았습니다."

"안나 루이스는 그에게 말도 하지 않았을 겁니다."

"당신의 부인은 그때 아무것도 모르는 천진한 아이였어요. 그녀는 내가 보기에 아무것도 모르는 나이였던 것 같아요. 그런 게 그리 중요한 것은 아니죠."

과연 누가 진실한 것일까?

나는 자신이 주최한 파티에서 착실한 자기의 추종자들을 때려 대는 피셔 박사를 생각해 보았다. 피셔 박사가 울었다는 것이 나에게는 무척 신기하게 여겨졌으며, 예삿일이 아니라는 생각마저 들었다.

"당신은 누구에게나 친절하십니다. 내 아내도 당신을 다시

109

만나면 무척 기뻐할 겁니다. 언제 저녁때 술이나 한잔합시다."

내가 말했다.

"아닙니다."

그는 완강하게 거절했다.

"전, 그리고 싶지가 않습니다. 아마 제가 견디지를 못할 것 같군요. 너무나 닮았어요. 너무나 말입니다."

나는 이제 그와 다시 만났으면 하는 기대조차 갖지를 말아야 했다. 그가 죽어도 신문엔—부고란—그의 이름이 없을 테니까. 그는 신문에 날 만큼 백만장자가 될 수 없으니까 말이다.

집으로 돌아와 나는 그와 얘기한 것을 아내 루이스에게 한 마디도 빼놓지 않고 들려주었다.

"가엾은 어머니!"

그녀가 슬픔에 찬 어조로 말했다. 그런 일이 처음 있었다면 거짓말이라고 해야 옳았다.

"나를 그분이 어떻게 알았는지 모르겠군요."

우린 그저 그나 그 여자라고만 말했지 이름을 말한 적은 없었다.

그런데, 그가 어떻게 알았을까?

오랜 세월이 흐르고 나면 망각의 세계 속에서 혼돈이 되었을 텐데, 연인들 사이에는 불가사의하게 생겨나는 텔레파시 작용 때문이었는지 모른다.

"하여튼 나는 그가 장례식 때 정말 눈물을 흘렸다니 그게 의심스러울 정도군."

"저는 절대로 믿지 않아요. 아버진 어머니의 죽은 육체가 땅속으로 사라질 때도 눈물을 흘리지 않았거든요. 만일 그게 사실이라면 건조 열병 때문에 생리적으로 흘러내린 것이었을 거예요. 어머니도 건초 열병이 만연하던 시기에 돌아가셨거든요."

12

크리스마스가 다가왔다. 거기다 눈은 온 대지를 남김없이 내려 덮었다. 호수의 가장자리까지도 온통 하얀 눈으로 뒤덮여 있었다.

이번 크리스마스는 지난 몇 년 중에서 가장 추운 크리스마스가 될 모양이었다. 강아지들이나 아이들, 그리고 스키를 즐기는 사람들에게는 더 이상 좋을 수가 없겠지만. 난 그들과는 사정이 달랐다.

내 사무실은 얼마나 따뜻한지 땀이 날 정도였다. 그런데, 채색된 유리창을 통해 정원이 푸르게 보이는 것이 언제나 나를 실망시켰다.

나는 내 오래된 직업에 대해 생각해 보았다—언제나 초콜릿을 위해서 우유, 편도, 개암 따위를 취급하는 것은 젊은 남자나 소녀들에게 적당한 일이라는 생각이 들었다.

그때 사무실로 나보다 윗사람이 킵스 씨를 데리고 들어서는 것을 보고 깜짝 놀랐다. 들어서는 킵스 씨의 모습이 어떤 만화의 한 장을 그대로 옮겨다 놓은 것 같았기 때문이다.

킵스 씨는 구부정한 자세로 반갑다는 인사라기보다는 떨어져 버린 돈을 줍는 것 같은 어색한 몸짓으로 손을 내밀었다. 내 사무실 동료가 제 딴에는 존경스럽다는 듯한 어투로 말을 했지만, 나는 영 듣기가 거북살스러웠다.

"내가 알기로는 당신도 킵스 씨를 만나 본 적이 있었죠?"

"물론입니다. 피셔 박사 집에서였습니다."

내가 말했다.

"오! 난 당신이 피셔 박사를 아는 줄은 몰랐는데?"

"존스 씨는 박사의 따님과 결혼을 하셨습니다."

킵스 씨가 말했다.

나는 직장의 상사 얼굴에서 두려움이 순간적으로 스쳐 가는 것을 봤다는 생각이 들었다. 지금까지 함께 일하면서 그에 대한 별다른 느낌을 가져 본 일이 없었는데, 갑자기 어떤 위압감을 느껴야 했다. ―내가 피셔 박사의 사위라는데, 나는 순간적으로 그들의 마음에 조금 짓궂은 장난을 해 주어 혼란을 주고 싶다는 생각이 들었다.

"덴토필 부케 치약!"

내가 말했다.

"아마, 이 빌딩 안에서 근무하는 이가 나쁜 사람들을 조사라도 하려는 모양이군요."

나의 이 말은 몹시 빈정거리는 것으로 종업원으로서의 충실한 태도가 아니었다. 어떤 사업체이든 간에 종업원에게는 정직보다도 우선적으로 충성을 요구하니까 말이다.

"킵스 씨는!"

내 상사가 말했다.

"관리 이사님의 친구분이신데, 지금 약간의 번역을 하셔야 할 일이 있으시다면서 당신이 좀 도와주라는 관리 이사님의 청이더군."

"앙카라로 보낼 편지 한 통인데……"

하고 킵스 씨가 말했다.

"난 혹 의견의 차이가 생겨날지 모르니까, 터키어로 친 편지의 사본을 원합니다."

"네, 그렇게 하도록 하지요."

상사가 대답했다.

문이 닫히자, 킵스 씨는 내게 말했다.

"이 편지는 절대 비밀입니다. 아셨지요!"

"알았습니다."

사실 나는 그게 예사의 편지가 아니라는 걸 처음부터 알 수 있었다. 그건 프라하와 스코다에 보내는 것이었다. 스코다라 함은 세계인들이 다 알고 있듯이 무기를 뜻하는 것이다.

스위스라는 나라는 다양한 기업을 가지고 있으며, 작은 땅이지만 영세 중립국으로서 많은 국제 정치적 요충지가 되기도 한다.

번역해야 할 것들은 모두 무기와 관계있는 내용이었다(어찌 되었든 난 당분간 초콜릿과는 동떨어진 세상을 살게 되었다).

그러니까 I.C.E.C 사는 미국계 회사로서 터키를 통해 무기 구입을 체코슬로바키아로부터 수입하는 중개업을 하고 있었다. 모두가 작은 규모에다 경량급뿐이므로 그것이 배달되는 최종 목적지는 확실치가 않았다.

간혹 팔레스타인이나 이란 같은 국가의 명칭이 눈에 띌 정도였다.

실상 나의 터키어 실력은 스페인어 실력을 따르지 못했다. 외국어는 자주 사용해야 하는데, 그럴 기회가 적기 때문이었다(우리 회사는 터키와는 연관이 거의 없었다). 그리하여, 난 그 편지를 번역하는 데 많은 시간을 보내야 했다.

"이제 이 사본을 타이프로 쳐야겠군요."

내가 킵스 씨에게 말했다.

"난 타이핑도 당신이 좀 해 주셨으면 하는데요."

킵스 씨가 말했다.

"저 비서는 터키어를 모르니까 상관이 없을 겁니다."

"그래도 전…"

내가 할 수 없이 타자를 쳐 주었다. 그러자, 킵스 씨가 내게 말했다.

"당신 업무 시간을 제가 시간을 많이 빼앗았는데 어떻습니까, 제가 작은 성의 표시라도 하고 싶은데?"

"천만에요. 괜찮습니다."

"부인께 초콜릿이라도 한 상자 선물하고 싶은데요. 아주 말랑 말랑한 것으로 말입니다?"

"아! 그러실 필요 없습니다. 킵스 씨! 이건 사업이지 초콜릿과 는 아무런 관계가 없습니다."

킵스 씨는 코가 책상 위에 닿을 것처럼 여전히 꾸부정한 자세 로—마치 냄새로 잃어버린 돈을 찾는 것처럼 하고—그 타자 친 편지와 원본을 그의 사무용 작은 가방에 넣고 있었다.

"우리가 피셔 박사 댁에서 만나더라도 이 일만은 말하지 말아 주십시오. 아주 중요한 비밀입니다."

그가 내게 말했다.

"전 당신과 그곳에서 만날 일이 없을 겁니다."

"아니 무슨 말씀이십니까? 매년 이맘때 쯤이면 날씨가 좋고 눈도 세차지 않는 날에 성대한 파티가 열리지요. 물론 피셔 박사 댁에서 말입니다. 아마 곧 초대장이 오리라 생각되는데요. 저는……"

"전 그분 파티에 한 번 참석해 봤으니 그걸로 족합니다."

"지난번 파티는 너무도 준비가 허술했던 것이 사실입니다. 하지만, 피셔 박사의 친구들은 모두 다 그 파티를 오트밀 파티였다고 생각합니다. 새우 파티였다면 물론 재미있고 좋았겠지만 말입니다. 그래도 당신은 피셔 박사에게 뭔가 있다는 것을 모를 겁니다. 패버온 부인을 흥분의 도가니로 몰아넣었던 메추라기 파티도 열었었죠."

그는 이 말을 하고는 한숨을 가늘게 쉬었다.

"그 여자는 새라면 그저 애착을 갖는 그런 부인이었습니다. 당신으로 인하여 여러 사람들이 즐겁지 않게 방해하지는 않겠지요."

"그러나, 그날 피셔 씨의 선물로 언제나처럼 즐거워한 것으로 난 알고 있습니다."

"그분은 정말 좋으신 분이니까요."

킵스 씨는 꾸부정한 자세로 문 쪽으로 걸어갔다. 회색빛 융단이 그가 걸어야 할 길을 안내하는 지도 같았다.

나는 그의 뒤를 따라가면서 말했다.

"난 당신 회사에 오래전에 고용됐던 나이 많은 한 사람을 만날 수 있었습니다. 지금은 어느 레코드 상점에서 일하고 있는 스타이너 씨라고 하는 사람 말입니다."

"난 그런 이름을 기억할 수가 없군요."

그는 이렇게 말하며 자세가 조금도 흐트러지지 않은 채 융단을 따라 계속 걸어 나갔다.

그날 저녁 나는 킵스 씨와 만난 일들을 안나 루이스에게 모두 말했다.

"당신은 그들의 꼬임에서 빠져날 수가 없겠군요."

그녀가 말했다.

"가엾은 스타이너 씨가 나타났고, 그다음엔 킵스 씨가 나타나다니……"

"킵스 씨의 방문은 사업 때문이었어. 그 사업은 아버지와는 관계가 없는 것 같더군. 그 사람이 내게 아버지를 만나더라도 자기와 만나서 한 일을 얘기하지 말아 달라고 하더군."

"아니, 그래서 약속하셨나요?"

"물론이지. 내가 다시 그 사람들을 만날 필요가 없을 테니까
말이오."

"아닐 거예요. 그들은 당신을 어떤 흉계에 끌어들이려고 할거
예요. 그들은 당신을 가만히 두지 않을 거예요. 그들은 당신이
자기들과 한 패거리가 되기를 원하고 있어요. 그렇지 않고는 안
전하다고 느끼지 않을 테니까요."

"안전이라니?"

"세상 사람들에게 비웃음과 경멸을 당하지 않는 안전 말이
예요."

"아니야. 차라리 비웃음을 당할까 봐 그런 짓거리를 계속할 것
같군."

"맞아요. 그 사람들에겐 탐욕이 우선일 테니까요."

"난 메추라기 파티가 어떤 건지, 패버온 부인이 왜 흥분했는
지를 모르겠군."

"아주 추악한 일이겠지요, 뭐. 당신도 그들의 그런 점을 유의하
셔야 할 거예요."

눈은 계속 내렸다. 이것이야말로 글자 그대로 화이트 크리
스마스였다. 코인트린 비행장과 그 인근 도로가 24시간 동안
통행이 금지되었다.

그러나, 우리에게는 아무런 불편도 주지 않았다. 오히려
우리가 함께 맞이하는 첫 번째 크리스마스가 흰 눈으로 덮인다는

것에 기분이 들떠 어린애들처럼 크리스마스 장식을 요란하게
하고 자축을 하려 했다.

안나 루이스는 트리를 만든 나무를 사다가 둘이서 화려하고
아름답게 꾸민 다음 그 밑에다 예쁘게 포장된 선물들을 놓았다.
나는 남편이라는 감정이나 애인이라는 감정보다도 그녀의
아버지와 같다는 생각이 들었다.

하지만, 그것이 더 좋을 테니까―아버지는 대다수의 딸보다는
먼저 하나님의 세상으로 갈 수 있으니까 말이다.

크리스마스 바로 전날이 되자 계속 내리던 눈이 그쳤다.
우리는 전야 미사에 참석하기 위해 성 모리스 대사원으로 갔다.
그곳에서 아우구스티누스 황제의 얘기를 들으며, 이 세상이 어떤
무거운 짐을 지고 있는지에 대한 설교를 들었다.

우리 두 사람은 로마 가톨릭 교파가 아니었지만, 이런 미사의
참석은 어렸을 때부터 해 오던 의식이었다.

우리들 결혼식에서처럼 우두커니 서 있던 벨몽이 혼자서
황제의 교리를 열심히 듣고 있다가 우리와 만나야 했다. 어찌나
열심히 설교를 듣고 있는지 신자들은 베들레헴까지 가서 성지
순례를 하고 자기들 이름을 쓰는 수고를 할 필요 없이 그의
설교를 듣기만 하면 될 것 같았다.

우리가 밖으로 나오려 하자, 어느새 그가 문 앞에서 기다리고
있었다. 더럽혀진 옷과 타이, 검은 머리, 깡마른 체구, 얇은 입술로
묘한 미소를 짓고 있는 그를 피할 수가 없었다.

"메리 크리스마스!"

그가 미소를 지은 채 우리에게 인사를 했다. 그리고는 세금 고지서를 주듯이 내 손에다 봉투를 쥐어 주었다. 난 그 속에 들어 있는 것이 카드라는 것을 바로 느낄 수 있었다.

"우편을 믿을 수가 있어야죠. 특히나 크리스마스 전후해서는 더욱 그렇죠."

그는 이렇게 말하더니 한쪽을 가리켰다.

"저쪽에 몽고메리 부인이 계시군요. 부인은 신앙심이 아주 진실되고 강하므로 내 생각대로 오셨군요."

몽고메리 부인은 푸르스름한 머리 위에 역시 푸른 스카프를 매고 가름한 목에는 에메랄드 목걸이를 하고 있었다.

"하하! 벨몽 씨도, 그리고 그에 대한 초대장도 있네요. 젊은 부부님, 당신들 모두에게 행복한 크리스마스가 되기를 바랍니다. 교회에서 크뢰거 씨를 뵙지 못했는데, 그분이 병이 낫지 않기를…… …오! 저기 계시군요."

맞았다. 크뢰거 소장이었다.

등을 꼿꼿이 세우고 류머티즘에 고생하는 다리, 우뚝 선 코, 근엄해 보이는 콧수염을 지닌 그가 그림 속의 십자군 같은 모습으로 교회 현관에 서 있었다.

이렇듯 근엄한 모습과는 달리 지금껏 경멸을 당하면서도 화를 내지 않았다는 것이 믿어지지 않았다. 그도 역시 언제나처럼 혼자였다.

"그리고, 딘 씨!"

몽고메리 부인이 말했다.

"그분은 해외로 촬영을 하러 갔거나 일할 때가 아니면 자주 이곳에 오지요."

나는 무언가 큰 실수를 저지르고 있는 것처럼 느껴졌다. 성 모리스의 성탄 미사는 칵테일 파티 같은 분위기로 되어 가고 있었다.

리처드 딘이 술에 만취된 채 교회를 나오지 않았다면 쉽게 그들과 헤어질 수 없었을 것이다. 그는 한 예쁜 여자와 동행하고 있었다.

"자비로운 하나님! 두꺼비들의 파티가 되다니……"

루이스가 말했다.

"설마 저들이 성탄 미사에 참석하리라고는 생각도 못 했는데!"

"전 크리스마스의 모든 행사가 이상해진 것 같아요. 신앙이 깊은 사람들만이 참석해야죠, 그런데 두꺼비들이…… 도대체 그들이 왜 왔을까요?"

"크리스마스 때 트리를 세우는 것 같이 일종의 습관일 거야. 나도 작년에 혼자 참석했었지. 그렇게 별다른 뜻은 아니야. 아마 작년에도 모두 참석했을 텐데. 그때 내가 그들을 모두 몰랐지. 당신을 몰랐듯이 말이오."

그날 밤 우리는 짙은 사랑을 나누고 달콤한 깊은 잠에 빠지면서 두꺼비들에 관한 화제로 재미있어 했다. 그 얘기가 우리들에게 가장 재미있고 중요한 일인 것처럼 말이다.

"당신은 그 두꺼비들에게도 영혼이 있다고 생각하고 있나?"

내가 루이스에게 물었다.

"모든 사람은 누구든지 간에 영혼을 가지고 있다고 생각해요. 난 당신이 영혼을 믿는다면 그들에게도 있는 게 당연하다고 생각하는데요."

"그건 교과서적 설교이고…… 난 그런 생각과는 조금 달라요. 사람들은 영혼이 태아 때부터 생겨난다고 하지. 그러나, 태아는 아직 인간이 아니거든. 말하자면 물고기와 비슷한 거야. 난 이렇게도 생각하고 싶어. 태아 때는 강아지보다 조금 나은 상태라고 말야. 차라리 그건 로마 가톨릭교에서 림보Limbo를 꾸며 만든 것과 같은 것이라고 생각하지."

"당신은 영혼이 있나요?"

"글쎄, 나도 하나쯤은 있겠지. 팔리지 않아서 그대로 있을 거야. 그럼, 당신도 있는 게 틀림없겠군."

"무슨 뜻이죠?"

"당신은 고통을 겪었으니까. 당신 어머니로 인해서 말야. 영혼이 없는 사람에게는 고통이란 없어요. 어린애들도 강아지들도 모두 고통을 모르거든."

"그럼, 몽고메리 부인은 어떤 것 같아요?"

"영혼은 자기를 소유한 사람의 머리를 파랗게 만들지 않아. 당신은 그녀가 자기 자신에게 '난 영혼이 있을까?'라고 물어볼 수 있다고 생각하오?"

"그러면, 벨몽 씨는요?"

"그 사람은 자기의 영혼을 윤택하게 발전시킬 시간을 충분히 갖지 못했어. 정부에서는 세금을 포탈하거나 그런 종류의 짓을 못하도록 빠져나갈 구멍을 막아 놓고 있지. 그는 그 막은 구멍을 빠져나가려고 모든 시간을 보냈을 거야. 영혼은 자기만의 조용한 시간을 원하거든…… 그런데, 벨몽에게는 그런 시간이 없지."

"장군님은요?"

"그 사람은 잘 모르겠구만. 그도 영혼은 가졌을 기야. 그게 그에게는 불행한 일이었겠지만……."

"어떤 징조라도 있나요?"

"난 그런 것 같아."

"그럼, 킵스 씨는요?"

"그 사람도 확실히는 모르겠지만. 킵스에게는 실망이라는 감정이 있거든, 뭔가 잘못된 것만 찾으려 하지. 돈이 아니라 영혼을 찾으려고 말야."

"리처드 딘 씨는요?"

"없어! 그 친구는 절대로 영혼이 없을 거야. 그 사람은 자기가 옛날에 출연했던 필름이나 보면서 하루하루를 소모하겠지, 영화에 관한 책은 아예 읽을 시간도 없고, 그렇게 하는 것이 그 자신에게 만족하다고 느끼고 있을 거야. 만약 당신이 영혼을 갖고 있다면, 당신도 당신의 영혼을 만족시킬 수가 없을 거야."

우리들은 긴 침묵을 가져야 했다. 우리 두 사람은 잠이 들었어야 했지만, 서로가 잠을 이룰 수가 없었고 똑같은 생각을 하고 있다는 것을 알았다.

나의 아무런 의미가 없는 우스꽝스런 농담이 심각한 문제

거리인 양 우리의 마음을 무겁게 만들고 있었다. 한참 어렵게 생각하고 있는 침묵을 먼저 루이스가 깨면서 밝은 목소리로 말했다.

"그러면, 우리 아버지는요?"

"물론이지, 당신 아버지도 영혼을 가지고 있어. 그런데, 난 그 영혼이 저주받은 영혼이라고 생각해."

13

내게 있어서 가장 활기에 찬 하루를 손꼽는다면 지금까지의 여러 가지 작은 사건들이 기억에 생생하게 떠오르는 날일 것이다.

바로, 그러한 날이 올해의 마지막 토요일이었다. 그 전날 저녁 우리는 내일 아침의 날씨가 스키 타는데 알맞는다면, 루이스를 위해 파코트로 일찍 가기로 결정했다.

금요일의 날씨가 따뜻하여 쌓인 눈이 녹기 시작하더니, 저녁 때부터는 다시 얼기 시작했다. 우리 두 사람은 다른 사람들이 몰려오기 전에 일찍 그곳에 도착하여 호텔에서 점심을 먹기로 했다.

나는 아침 6시 30분에 일어나서 관상대에 전화를 걸어 날씨가 좋겠다는 것을 확인했다. 비록 관상대의 확인 전화 덕으로 여유를 가져서인지 모르겠지만, 모든 것이 순조로웠다. 난 토스트를 만들고 에그프라이를 만들어 아직도 침대에 누워 있는 그녀에게 갖다 주었다.

"무슨 계란을 둘씩이나요?"

그녀가 말했다.

"당신 스키장에서 리프트가 올라갈 때까지 참으려면 배가 무척
고플 거라는 생각이 들거든……"

그녀는 내가 크리스마스 때 사준 새 스웨터를 입고 있었다.
커다란 줄무늬가 그려져 있는 울 제품인데 어깨에는 빨간 띠가
돌려져 있어 그녀에게 무척 잘 어울렸다.

우린 집에서 7시 30분에 출발했다. 관상대의 얘기로는 길이
빙판으로 미끄러울 데니 조심하라는 예고에 성 데니스에서 바퀴
에다 체인까지 감았으나 생각보다는 길이 나쁘지 않았다. 우리
가 도착하니 스키 타는 사람들을 태운 리프트가 벌써 작동하고
있었다.

우린 성 데니스에서 작은 말다툼을 벌였다. 그녀는 코스가
길고 먼 코흐베타로 올라가서 르 프랄레로 활강하자고 했고,
나는 좀 두려워서 코스가 완만하고 쉬운 라 씨에른으로 활강하
자고 했다.

나는 레 파코트에 많은 사람들이 몰려 있을 것이라는 사실을
그녀에게는 비밀로 했다. 내 생각으로는 사람이 많은 곳이
안전할 것 같아서였다. 스키 타는 사람들이 극히 드문 한적한
활강 코스에서 루이스가 타는 것은 상상할 수도 없는 위험한
짓이라고 생각되었다. 마치 아무도 없는 해변의 수영장과도 같은
느낌이었다.

누구든지 인기척이라고는 없는 원시의 자연 앞에서는 이물질의 침해나 예기치 못한 사고가 발생할지 모른다는 공포를 느끼는 것은 당연한 인간의 본능이다.

"오, 여보!"

그녀가 말했다.

"전 아무도 지나가지 않은 코스에서 첫 주자가 되고 싶어요. 난 한적한 활강 코스를 좋아해요."

"글쎄, 많은 사람들이 즐겨 타는 코스가 안전하다니까 그러네."

내가 우겼다.

"그 길이 어떤가를 기억하기나 하고 그러는지 모르겠군. 조심하는 것이 제일이야."

"전 언제나 조심하고 있어요."

나는 그녀가 조금이라도 움직이는 것을 놓치기가 싫었다. 그녀가 리프트를 타고 산 위로 올라가자 그녀에게 손을 흔들면서 나무 사이로 모습이 완전히 사라질 때까지 바라보고 있었다.

그녀를 쉽게 구별할 수 있었던 것은 새로 사준 스웨터의 빨간 띠가 유난히 눈에 들어왔기 때문이었다.

호텔로 되돌아와서 책을 펼쳤다.

그 책은 1939년 전쟁이 발발한 뒤에 허버트 리드가 시詩와 산문으로 엮은 책으로서, 군인 배낭에 딱 들어가기 좋게 제작되어 있었다.

나는 정식으로 군인이 된 적은 없었다. 그런데, 이 책을 전쟁터가 아닌 곳에서도 전쟁 기간 동안을 가지고 다녔다. 결코 싸움의 격전장이 되어 보지 못한 런던의 저지선 진지에서 근무하던 때가 이제는 머나먼 시간의 뒤안길에서 추억으로 남았으나 잊혀지지 않는 것들이 있었다. 그 당시, 나와 같은 군인들은 의무적으로 복무하고 있었다. 매일 연속되는 포연 속에서도 나는 읽던 이 책을 곧잘 팽개쳐 버렸는데도 그 내용 가운데 몇 줄은 지금까지 내 뇌리에 떠나지를 않고 있었다.

그것은 마치 1940년 내가 한 손을 잃어버렸을 때의 저녁처럼 나는 그날 사이렌이 울릴 때 읽고 있던 구절이 떠올랐다. 그것은 너무도 우스꽝스러운 일이었다.

키이츠(영국의 시인: 1795~1821)의 〈그리스 무덤의 송시〉라는 시였다.

귀에 들리는 음악은 아름답다.
그러나 귀에 들리지 않는 음악은 더욱 아름다운 것이다.

확실히 사이렌 소리를 듣지 못했던 것이 더 잘된 일인지도 몰랐다. 나는 송시詩의 마지막 구절을 외우려 했으나 더 이상 욀 수가 없었다.

그리고 작은 마을이여
너의 길은 영원히 침묵할 것이니

내가 좀 더 안전한 곳으로 대피하지 못하고 있던 새벽 두 시경 만물이 휴식을 취하느라고 고요한 적막을 드리우고 있는 것처럼 도시의 모든 소음은 죽어 있었다.

그때 독일군 폭격기의 엔진 소리가 '어디에 있느냐? 어디에 있느냐?' 하며 찾는 것 같았다. 엔진 소리는 도시의 모든 고요를 일순간에 찢어 흔들며 순식간에 내 팔을 손 없는 병신으로 만들어 버렸다.

나는 기억한다. 그러나, 그날 새벽은 아무것도 아무것도 아니었다고 말이다.

나는 그녀가 라 씨에른 코스에서 내려오는 것을 보기 위해 코호베타 호텔 창가에 자리 잡고 앉아 있었던 것으로 기억된다.

난 그 자리를 예약해 두었었다. 웨이터에게 컵이며 설탕 그릇 등을 치우지 말고 그대로 두라고 일렀다. 웨이터는 외국인—영어를 쓰지 않는—발음이 강한 국적으로 고용되어 일하는 것 같았다. 대부분의 스위스 사람들이 그러하듯이.

루이스가 옆에 없는 시간은 지루했고, 책 읽는 것에도 싫증이 났다.

나는 웨이터에게 두 덩어리의 프랑스 케이크를 시키며—테이블을 뺏기지 않기 위해서—조금 후에 일행이 오면 식사를 할 것이라고 말해 두었다.

호텔 앞에는 스키를 즐기러 온 사람들의 자동차가 즐비하게 주차하고 있었다. 이 호텔의 조난자 구조대장이 친구와 농담을 하고 있었다.

"최근의 사고는 지난 월요일날 일어났었지."

구조대장이 말했다.

"한 소년의 발목이 부러진 사고였어. 그때 학교는 무슨 축제 행사가 있었지, 아마……"

나는 그 말을 들으며 프랑스 신문을 사기 위해 호텔에 있는 간이 상점으로 내려갔다. 겨우 있는 것이 로잔느 신문뿐이라 그걸 사들고는 식사 후에 먹을 디저트용으로 토블론Toblerone을 사려 밖으로 나갔다. —그 호텔 레스토랑의 디저트는 오직 아이스크림밖에 없다는 것을 알고 있었기 때문이었다.

낮은 우리의 활강 코스의 출발점이 눈빛에 빛나 파랗게 보이며, 활강을 하려는 이들이 멀리 눈에 띠었다. 루이스는 나무에 가려선 지 보이지 않았다. 그녀는 아주 훌륭한 스키 선수라고 나는 믿고 있었다.

내가 전에도 말했지만, 그녀의 어머니는 그녀가 4살 때부터 스키를 가르쳤으니까 말이다.

차가운 바람이 불어 왔다. 난 다시 레스토랑으로 와서 에즈라 파운드의 시를 읽었다.

그곳에서 나는 거친 바다에 얼음같이 차가운 물결만을 보았다.

나는 어수선하게 읽던 명문집을 내려놓고 친 셍탄Chin Siengèan 의 '33가지 행복의 순간'을 집어 들었다. 그 책을 읽고 나는 34번째의 행복을 내 나름대로 첨가시켰다.

「따뜻한 스위스의 카페에 앉아서 바깥의 하얀 눈으로 덮인 봉우리를 바라보며 곧 사랑하는 이가 빨간 띠가 줄 쳐진 스웨터를 입고 들어오는 것을 기다리는 것이 행복한 것이다.」

이 어찌 행복하지 않겠는가?

다시 나는 아무렇게나 명문집을 뒤적거렸다. 그러나, 그 속에는 비르길리우스 문학처럼 딱딱한 '돈 박서 최후의 날'과 같은 구절이 작은 활자로 지루하게 만들었다. 전쟁터의 군인들은 어째서 배낭 속에다 이런 책을 넣고 전쟁터를 옮겨 다녔는지 이해가 되지 않았다.

나는 다시 한번 읽어 보려 했다.

허버트 리드는 자신의 작품 '성 퀸틴으로의 퇴각'의 한 구절을 그 안에 첨가시켰고, 나는 그 작품을 정확히 외우지는 못하지만 그가 얘기하려는 요지는 알고 있었다.

나는 그 작품이 죽음의 순간을 말하고 있음을 느낄 수 있었으나, 그로 인해 내 심정에 어떤 의혹심이라던가 걱정스런 기분은 생겨나지 않았다. 나는 단지 전쟁터에서는 사람을 죽이면서도 왜 마음의 갈등을 조금도 느끼지 않는가를 생각해 보았다.

난 다음 페이지를 조심스럽게 넘겼다.

무슨 일이 스키 리프트에서 생긴 모양이었다. 소년의 부리진 정강이를 얘기하던 구조대장이 들것을 운반하려는 사람들을 분주하게 돕고 있었다.

나도 읽던 것을 중단하고 호기심에 밖으로 나갔다. 몇 대의 차가 지나는 것을 기다렸다가 길을 건너 스키 리프트로 올라갔을 때는 이미 구조대가 위로 올라가고 난 뒤였다.

나는 모여 있던 어떤 사람에게 무슨 일인지를 물어보았다. 그런데, 누구도 걱정하는 것 같지가 않았다.

"웬 꼬마가 추락을 한 모양인가 봅니다. 언제나 있는 일이죠."

한 영국 신사가 말했다.

"구조대원이 솜씨를 발휘했던 모양이지요. 전화로 안내자가 얘기하는 것을 들었거든요."

다른 한 부인이 말했다.

"정말이지 아찔한 코스인가 보군."

그 뒤에 있던 사람이 말했다.

"그 활강 코스는 무척 길고 까다로워. 일류 스키 선수가 아니면 절대 위험한데."

나는 추워서 다시 호텔로 돌아왔다.—창문을 통해 밖을 내다보는 것으로 모든 시간을 허비했다. 이제는 루이스가 빨간 띠가 있는 스웨터를 입고 멋지게 내려올 시간이 되었기 때문이었다.

예의 그 웨이터가 와서 무엇을 들겠느냐고 물었다. 그는 주차장의 주차 시간의 끝남을 알려주는 그런 사람 같았다. 할 수 없이 커피 한 잔을 더 시켰다.

다시 스키 리프트 주위의 사람들이 웅성거리기에 커피를 놔둔 채 밖으로 뛰어나갔다. 아까 그 영국인이 의기양양하게 큰 소리로 떠들고 있었다.

"이거, 아주 큰 사고라고 합니다. 내가 그들이 서로 연락하는 것을 들었는데, 베베이로 앰블런스를 요청하는 것으로 보아 큰 사고인 것 같습니다."

그때 난 성 퀸틴의 한 군인처럼 감정에 아무런 이상을 느낄 수 없었다.

그때 구조대원이 라 씨에른에서 내려오고 있었는데, 한 여인을 거의 끌어안고 있다시피하고 있었다. 루이스에게 사준 스웨터와는 다른 것을 입고 있는 것 같았다.ㅡ그 빨간 띠의 스웨터 말이다.

"여자로군!"

누군가가 말했다.

"불쌍하기도 해라, 죽은 것 같구먼."

이때는 나도 같은 생각이 들어 무의식적으로 말이 튀어나왔다.

"세상에 그럴 수가……"

의기양양해 하던 영국인이 가장 들것 가까이에서 보고 우리에게 떠들어 댔다.

"온통 피로 물들었구먼!"

난 희생자의 머리카락이 하얗다고 생각했는데, 그건 머리를 다쳐 붕대로 감았기 때문이라는 것을 알았다.

"의식이 있나요?"

한 여자가 물어보자 그 영국인이 머리를 들었다. 몇 사람이 흩어져 다시 스키 리프트로 갔고 그 영국인은 구조대원과 엉터리 불어로 이야기를 했다.

"이 사람들은 여자의 머리가 깨진 것이라는군요."

영국인은 우리들에게 TV 해설자처럼 설명을 해 주었다.

나는 그때서야 간신히 들것 가까이로 갈 수 있었다. 희생자가 입고 있는 스웨터는 피로 물들어 흰 곳이라고는 조금도 찾아볼 수가 없었다. 난 피가 거꾸로 솟는 기분이었다.

난 황급하게 들것 가까이에 있는 영국인을 밀쳐냈다. 그는 내 팔을 꽉 붙들고는 말했다.

"그녀에게 가지 말아요. 지금 가장 안정이 필요한 환자예요."

"이것 노시오. 내 아내란 말이야. 이 냉혈한 같으니."

"뭐라고요? 아! 이거 죄송합니다. 잘 몰랐습니다."

단 몇 분이 지나간 것이 몇 시간이 흐른 것 같았다. 앰블런스가 오려면 몇 시간이 더 걸릴 것 같았다.

난 멍청히 서서 그녀의 얼굴만 내려다보며 살아 있다는 증거를 찾고 싶을 뿐이었다.

난 다시 무의식 상태에서 입을 열었다.

"죽지 않았을까요?"

"그렇지 않아요."

그중의 한 명이 내게 힘을 주려는 듯이 말했다.

"그저 머리가 부딪쳐 깨지고 의식을 잃었을 뿐일 거예요."

"어떻게 될까요. 정말 답답하군요."

"언젠가 한 소년이 다리를 약간 삐었을 뿐이었지 다른 일은 없었습니다. 이분은 소년이 활강하던 반대로 나무를 회전해서 최고의 스피드로 내려오다가 얼어버린 눈덩이에 부딪친 모양이니까 그리 걱정은 마시죠. 금방 앰블런스도 올 테고 바로 병원으로 후송되면 크게 이상은 없을 겁니다."

"지켜봐 주십시오. 호텔 레스토랑에 먹은 음식값을 내고 오겠습니다."

내가 말했다.

"아! 난 지금 좀 바쁘답니다. 미안하게 되었소."

그 영국인은 자리를 피했다.

"하나님의 벌이 내릴 것이오."

나는 정신없이 지껄였다.

호텔로 오자, 그 웨이터가 말했다.

"손님께서 이 자리를 예약하시는 바람에 다른 손님들을 일절 이 자리에 앉히지 않았는데요."

"그 사이에 손님도 없지 않았소."

나는 그가 다시 뭐라고 말하기 전에 커피값만 테이블에 던지고 급히 문으로 나와서 그를 쳐다보았다. 그가 못마땅한 표정으로 돈을 집어 드는 것을 보자 부끄러움과 함께 만일 나에게 힘이 있다면 피셔 박사처럼 이 세상의 모든 것에 복수를 하고 싶었다. 피셔 박사와 똑같은 방법으로 말이다.

난, 앰블런스가 도착한 소리를 듣고 스키 리프트로 마구 뛰었다.

구조대원이 그녀 옆에 나를 앉혀 주었다. 나는 내 차를 그대로 호텔 주차장에 둘 수밖에 없었다.

나는 그녀가 혼수 상태에서 깨어나 주기를 기원하면서, 그녀의 얼굴만 들여다보며 생각했다. 그녀가 완쾌되는 날 아주 좋은 호텔에 가서 피셔 박사처럼 상어 알 요리를 먹겠다고…… 그땐 눈도 녹았을 테고, 이젠 스키를 타지 않아도 될 거라는 생각이 들었다. 그리고는 따뜻한 태양 아래 앉아서 어떤 고통을 받았는지 말해 줘야지. 내가 그 영국 친구에게 저주를 퍼붓던 이야길 하면, 그녀는 배가 아프다며 웃어댈 테고……

난 그녀의 변함 없는 표정을 바라보았다. 마치 깊은 잠에 빠진 것 같았다.

"깨지 말아다오. 의사들이 당신에게 고통을 잊도록 약을 쓸 때까지……"

앰블런스는 계속 위급 사이렌을 울리며 병원으로 달렸지만, 난 그녀에게 큰일이 생기지는 않을 거라는 생각만 들 뿐이었다. 우리가 도착하자 모든 준비를 끝내고 두 명의 의사가 기다리고 있었다. 스위스 사람들의 주도면밀함이라고 생각되었다.

복잡한 시계를 고치기 위해 기계를 가지고 나온 기술자들이란 생각이 들었다.

안나 루이스는 시계가 고쳐지듯이 완쾌될 것이라 믿어졌다. ―보통의 수정 시계와는 차이가 큰 시계니까, 그녀는 바로 피셔 박사의 딸이지 않는가.

병원에서는 이미 그녀가 피셔의 딸이라는 것은 알고 있었다. 내게 그에게 알려야 하지 않느냐고 말했다.

"피셔 박사에게 말이요?"

"그렇습니다. 그녀의 아버지 아니십니까, 그분은?"

나는 이 고장 난 시계가 벌써 평범한 가치로 취급당하지 않는다는 것을 병원 당국자들의 태도에서 느낄 수 있었다.

언제부터인지 나이가 지긋한—권위자겠지—의사가 그녀의 곁에서 응급 처치를 하는 것이 자세히 보였지만, 그녀는 붕대에 감긴 머리만 조금 보일 뿐이었다. 그 붕대는 그녀를 무척이나 나이 들어 보이게 했다.

"우린 X레이 결과를 봐야만 정확한 결과를 알겠군요."

나는 그녀의 아버지가 된 말투로 말했다.

"그래, 상처가 위험하다고 생각되지는 않는가요?"

젊은 의사가 조심스럽게 대답했다.

"지금으로선 쉽게 말씀드릴 수가 없군요. 좀 더 기다려 봐야겠습니다."

"X레이 결과를 알고 난 후에 전화를 드리는 것이 좋지 않을까요?"

"제 생각으로는 피셔 박사께 전화를 드리면, 제네바에서 곧바로 이리로 오실 것 같은데요."

난 전화 다이얼을 돌리면서 그의 얘기는 하나도 듣지 않았다. 저쪽의 하인—알버트—목소리조차 구별하지 못했다.

"피셔 박사를 부탁합니다."

"실례지만 누구신지요?"

그의 목소리가 처음 듣는 비굴한 음성처럼 느껴졌다.

"존스라고 전해 주시오. 그의 사위라고……"

바로 그 목소리의 주인공이 알버트라는 것을 알았다.

"아! 존스 씨군요. 박사님은 바쁘신데요. 어떤 일이든 박사님의 일을 방해하지 말라고 하셨습니다."

"아! 이건 매우 급한 일이니 빨리 전해 주구려."

"곤란합니다. 존스 씨!"

"글쎄, 매우 중요한 일이요."

한참을 기다리고 있으려니 알버트의 목소리가 다시 들려 왔다.

"지금 박사님께서는 바쁘셔서 전화를 받으실 수가 없으시답니다. 파티 준비를 하시거든요".

"지금 말하지 않으면 안 되는 일인데."

"박사님께서는 존스 씨께 보내야 할 초대장도 만들고 계신다는군요."

내 말이 끝나기도 전에 자기 말만 하고 그는 전화를 끊었다. 통화를 하는 동안에 젊은 의사는 진찰을 하러 갔다가 잠시 후에 다시 와서는 나에게 말을 해 주었다.

"어려우시겠지만, 대기실에서 기다려 주십시오. 지금 수술실에서 바로 수술을 해야겠습니다. 끝나는 대로 결과를 알려드릴 테니 그리 아십시오."

그가 나를 대기실로 안내하느라고 병실 문을 열 때까지 나는 정신을 차릴 수가 없었다. 병원의 구조가 다 그렇듯이 이곳도 모두가 비슷비슷한 채 창문이 열려 있었다.

"창문을 닫아 드릴까요?"

젊은 의사가 말했다.

"아니 괜찮습니다. 신경 쓰지 마시죠. 지금은 찬 바람이 좋군요."

"필요하신 게 있으시면 벨을 누르세요."

그리고는 바로 침대 곁에 있는 벨의 위치를 가르쳐 주었다.

"곧 돌아올 테니 너무 걱정하지 마십시오. 우린 부인보다 더한 수술도 여러 번 성공을 했으니까요. 존스씨!"

손발이 의자에 앉아서 이럴 때 스타이너 씨가 옆에서 이야기를 해 준다면 얼마나 좋을까 하는 생각을 했다.

난 지금 말도 못 하고 듣지도 못하는 노인네처럼 그가 좋다는 생각이 들었다. 스타이너 씨가 루이스 어머니에게 말했다는 것이 생각났다.

"난 그녀가 죽은 뒤 몇 년 동안을 그녀와 닮은 부인을 찾으려는 고통 속에서 여자들 얼굴만 살폈죠. 아주……"

그리고는 더욱 뇌리를 스치던 얘기가 생각났다.

"몇 년 동안을 보내면서 한 해 한 해를 내 손목시계를 보며 끈질기게 살아나갔지요. 1분, 2분 그렇게 시간은 지나가고, 그러자 언제쯤이면 이 시계도 죽을까 하는 생각을 했지요."

그때 노크 소리가 나면서 그 젊은 의사가 들어왔다.

그의 표정에서 '아! 수술이 성공하여 더 이상은 악화되지 않겠습니다.'라고 말할 것이라고 믿었다.

젊은 의사가 힘겹게 입을 열었다.

"죄송합니다. 저희는 최선을 다하려고 했습니다. 희망을 가지고요. 그런데, 부인께서는 손 쓸 사이도 없이 마취 도중에 사망하셨습니다."

"죽어요?"

"네."

내가 할 수 있는 말은 그저 오! 하는 소리뿐이었다. 젊은 의
사가 내게 말했다.

"부인을 지금 보시겠습니까?"

"그러고 싶지 않습니다."

"저희가 택시를 잡아드릴까요? 내일 병원에 오실 필요는 없으
십니다. 언제고 사망 진단서에 서명하실 때 오십시오. 준비하고
기다리겠습니다."

"당신도 나와 같은 경우가 생기면 지금 나처럼 끝내는 것이 좋
을 겁니다."

하고 내가 말했다.

14

나는 피셔 박사에게 편지를 보냈다. 안나 루이스의 죽음에
대한 상황을 극히 짧게 적었고, 그다음에 언제, 어디서 그녀의
장례를 치를 것이라는 내용뿐이었다.

나는 장례식에 피셔 박사가 꼭 올 것이라고 기대했지만, 그는
오지를 않았다.

그녀가 땅속에 묻히는 순간을 지켜보아 주는 사람이라고는
최근 2주간 동안 우리의 일을 보살펴 준 파출부와 성공회의 목사,
그리고 나뿐이었다.

나는 그녀를 스위스의 성공회 묘지에다―성 마틴 묘역 근처
―안치했다.

피셔 박사가 어떤 종교의식을 바라는지는 물론이고, 그녀의
어머니가 바라던 종교의식도 알지 못했다―또한 그녀가 어떤
교파의 세례를 받았는지조차도― 우린 살아나가는 데 긴급하지

않은 세세한 것은 서로에게 알릴 만큼 충분한 시간을 보내지 못했던 것 같다.

스키장의 그 영국 놈이라면 아마 영국식 의식으로 간단하게 묻을 수 있었겠지만, 난 불가지론의 성역에다 그녀를 묻은 것이다.

제네바의 캔톤에 살고 있는 대다수의 스위스인들은 신교도들이 있으니까, 어쩌면 그녀 어머니도 신교도들의 의식으로 장례가 치러졌을 것이다.

스위스의 신교도들은 그들의 종교들 진실하게 믿고 있으므로 성공회의 교회를 신성불가침으로 여기고 있었다.

장례식이 치러지는 묘지에서 나는 누구 한 사람과도 이야기할 수 없는 외톨박이였다.

나는 세상의 오만 가지 생각에 잠긴 채 쓸쓸하게 우리의 셋방으로 되돌아와야 했다.

이제는 내가 앞으로 무엇을 해야 할 것인가를 결정 내릴 시간인 것이다. 오래전부터 즐겨 읽던 탐정소설에서 여러 가지 배운 것 중에 자살하는 방법이 머릿속에 떠올랐다.

나는 위스키에다가 20알 정도의 아스피린을 넣고 안나 루이스가 뭔가를 하던 안락의자에 앉아서 죽음의 길로 인도하여 줄 술잔을 내려다보았다.

술잔 바닥에 하얀 앙금이 내려앉았기에 손가락으로 휘휘 저었다. 세상의 모든 것이 회전목마처럼 머리 속을 돌아다녔지만 확실한 그 어떤 것도 얘기할 수 있는 것은 없었다. 이제는 마시면 되는 순간만이 남아 있을 따름이었다.

그때 전화벨 소리가 방 안의 무거운 공기를 깨뜨리듯 울렸다.

나는 일어나서 평화를 깨뜨린 전화기가 있는 응접실로 가서 다시 한번 위스키 잔을 보고는 수화기를 들었다.

여인의 목소리가 울려 왔다.

"존스 씨! 존스 씨이신가요?"

"그렇습니다."

"네? 몽고메리 부인이예요."

두꺼비들의 소리가 들려 왔다.

"집에 계셨군요. 계속 그곳에 계실 건가요, 존스 씨?"

"네 그럴 겁니다."

"말씀드릴 것이 있는데요. 우린 좀 전에 소식을 들었습니다. 정말이지 비통하군요."

"고맙소."

나는 전화를 끊었다.

내가 안락의자로 가서 앉기도 전에 다시 전화벨이 울렸다. 그건 역시 몽고메리 부인한테서 걸려 온 전화였다.

이런 여자의 위로 전화와 또 작별의 전화는 얼마나 길고 지루하며 지겨운 것인지 짜증이 날 정도였다.

"존스 씨, 이야기할 기회도 주시지 않고 끊으시는군요. 전 당신에게 피셔 박사님의 말씀을 전해드리기 위해서입니다. 박사님께서는 당신을 한번 만나 뵙기를 원하고 계세요."

"그가 딸의 장례식에 참석했더라면 나를 만났을 수 있었지 않았겠소."

"네, 그러나 그분께서는 그럴만한 이유가…… 당신은 그분을
원망하시면 잘못입니다. 박사님은 당신에게 그 점에 대해 설명해
주실 겁니다. 박사님은 당신이 꼭 와서 만나 주기를 원하고
계시죠. 오후 아무 때나 말이에요."

"그는 왜 전화까지도 자신이 걸지를 못하나요?"

"박사님은 전화를 몹시 싫어하세요. 그는 언제나 알버트를
시키니까요. 그렇지 않으면, 우리들 중에 한 사람이 대신……"

"그렇다면, 어째서 편지도 안 하는지 모르겠구만?"

"지금 킵스 씨가 좀 다른 데를 가 있거든요."

"아니, 그럼 킵스 씨가 편지를 대필한단 말인가요, 부인?"

"그의 사업이 그런 것이니까요. 그게 그의 주 사업입니다."

"하여튼 이제 전 피셔 박사와는 아무런 관계도 없는 사람이
니까, 그런 줄 알아주십시오."

"하지만 존스 씨, 의논할 일이란 재산 문제라고 생각되는데요.
오시겠지요, 그렇죠?"

"그에게 전해 주시오. 내가 좀 생각해 보겠다고……"

나는 전화를 끊었다.

상대방은 내가 피셔 박사를 만나러 가지 않을 것이라는 결심
을 짐작하고 있을 것이다.

지금 내가 원하는 것은 오직 루이스가 늘 앉던 의자에 가서 죽
음으로 가는 길을 인도해 줄 위스키를 마시는 일이었다.

나는 위스키를 숨도 안 쉬고 단숨에 마셔 버렸다. 생각하기론
이렇게 마시면 시계가 멎듯 내 심장이 금방 멈출 것으로 알았다.

그런데 어떻게 된 일인지 졸음조차도 오질 않았다.

나는 생각을 해보았다. '신탁! 신탁!' 피셔 박사의 전갈이 왠지 신경이 쓰였다. 그것은 틀림없는 사실일 것이다. 내가 언제가 듣기에 루이스의 어머니가 자기의 재산을 딸을 위해 신탁에 들어 두었다는 것과—루이스는 그 이자로 수입을 얻고 있었다는 사실 말이다.

하지만, 난 그게 누구의 소유가 되든 조금도 머리를 쓰고 싶지가 않았으며, 오히려 그것이 증오스럽게까지 느껴졌다. 아버지라는 사람이 딸의 장례식에는 참석을 못하면서 돈 문제는 벌써 신경을 쓴다는 점이 구역질을 나게 했다.

'아마 그는 돈을—그 피 묻은 돈을 모두 자기의 소유로 해 버릴 예정일 테지.'

나는 안나 루이스가 입고 있던 피로 물든 흰빛의 크리스마스 스웨터가 생각이 났다. 그리고는 두꺼비들의 분신이 내 눈에 보였다.

두꺼비들은 그들의 대왕과 함께 탐욕의 덩어리로 나를 향하여 세차게 몰아쳐 왔다.

그러더니 슬며시 어두운 죽음이 눈앞에 어른거리면서 잠 속으로 빠져들어 갔다.

15

깊은 죽음의 잠에서 눈을 떴을 때, 나는 그저 한두 시간쯤 잠을 잔 것으로 생각되었다.

머리는 그런대로 상쾌한 편이었다. 그런데, 시계를 보고는 놀라지 않을 수가 없었다.

창밖을 내다보았다. 회색빛 눈 같은 하늘은 그냥 그대로였다.―그 하늘은 내가 잠자기 전에 본 것과 똑같은 그대로였다. 아침녘의 하늘과 저녁 어스름이 깔릴 때의 하늘이 거의 같은 하늘이듯이 말이다.

내가 무려 18시간을 넘게 잠에 빠졌었다는 것을 다시금 생각해 낼 수 있었다. 또 앉아 있던 의자에서 일어나 내 뒤에 놓여져 있는 빈 위스키 잔을 보고 안나 루이스가 죽었다는 사실이 다시 새로워졌다.

그 위스키 잔은 실탄이 다 떨어진 빈 권총과도 같았으며,

이빨이 빠져 녹슬게 버려진 칼과도 같았다.

　이제는 다른 방법으로 자살을 기도해야만 되겠다는 생각과 죽음의 잔을 들기 전에 걸려 왔던 몽고메리 부인의 전화—그건 피셔 박사의 말을 전하기 위해서였다는 생각이 났다. 재산 문제라 하던 전화의 목소리가 다시 들려 오는 듯했다.

　나 역시 절망에 빠진 환자였으므로 환자로서 그의 병든 영혼을 치료해 주어야만 될 것 같았다.

　루이스의 어머니를 죽게 만들고, 스타이너 씨를 몰락시킨 피셔를 마음껏 경멸해 주고, 그의 자존심을 겪어 버리고 싶었다.

　죽음의 유혹을 뒤로 물린 채, 나는 지금 내가 겪고 있는 고통을 그로 하여금 분노로 탈바꿈하게 하여 그에게 고통을 안겨 주게 하리라고 마음먹었다.

　난 그가 바라는 대로 만나 주기로 결정했다.

　나는 렌트카에서 차 한 대를 빌려 벨소와로 몰았다. 처음보다도 머리는 상쾌한 편이 못되었다. 그래서인지 익숙한 길을 달리면서도 모퉁이를 돌다가 트럭의 뒤를 받을 뻔했다.

　갑자기 머릿속에 떠오르는 한 생각에 당황했다.

　"그래, 이렇게 차로 달리다 뒤를 받으면 되겠군."

　하는 자살 방법이었다. 하지만, 무척 어렵고 실패한 뒤의 큰 부담이 나를 곤혹스럽게 만들었다. 자칫 실패하여 다리가 부러져 질질 끌고 다닌다면 하는 생각이 나를 일깨워 차를 천천히 몰게 했으나 아직도 내 마음은 어느 것이라는 결정을 못하고 방황하고 있었다.—피로 온통 빨갛게 물든 안나 루이스의 스웨터와 하얀 머리카락으로 여겨지던 붕대, 이런 생각을 하느라고 나는 벨소와를 그대로 지나칠 뻔하였다.

거대한 흰 저택이 파라오Pharaoh의 무덤과도 같이 호수 위에 우뚝 서 있었다. 그 저택은 내가 타고 있는 차를 너무도 보잘 것 없는 물건으로 만들었으며, 그 집의 벨 소리는 나를 커다란 무덤 속의 죽음으로 이끌어 가려는 소리처럼 들렸다.

알버트가 문을 열어 주었다. 그는 왠지 검정 옷을 입고 있었다. 피셔 박사가 하인들에게 자기 딸의 죽음에 애도의 뜻을 표하라고 했는지는 모르겠지만……

그 검정 옷은 오히려 알버트의 인상을 보다 좋게 꾸며 주는 것 같았다. 그는 나의 존재를 조금도 의식지 않는 무표정한 태도로 대하였으며, 예전의 그 냉소조차도 보이지 않았다. 거기다 언제나처럼 따지듯 물어보던 그 버릇 없는 행동을 하지 않고 나를 인도하였다.

피셔 박사에게서는 딸의 죽음에 대해 슬픔을 느끼는 흔적이라곤 조금도 찾을 수가 없었다. 내가 그를 처음 대했을 때처럼 자기 책상에 앉아 있었다.

그가 먼저 입을 열었다.

"존스, 앉아요."

그리고는 또 오랜 침묵이 흘렸다. 그는 할 말을 잃은 사람처럼 느껴졌다. 다른 여러 가지 놀라운 말이 있을 것 같았는데도, 너무나 평범한 모습을 하고 있는데 다시 놀라지 않을 수가 없었다. 나는 책상 위의 과자 상자를 물끄러미 바라보자 박사는 그것을 슬며시 내려놓았다. 이렇게 긴 침묵이 계속 우리 두 사람 사이에 깊은 절망을 드리우자, 내가 먼저 그것을 깨뜨려야 했다. 우선 나는 그를 신랄하게 비난하기 시작했다.

"당신은 딸 장례식에도 참석지 않는 냉혈한이더군요."

"그 아이는 너무도 자기 엄마를 닮았거든……."

그러면서 자기의 말이 맞다는 듯이 고개를 끄덕이며 말을 이어 나갔다.

"그 아이는 자라나면서 점점 자기 엄마를 쏙 빼다 박은 것처럼 닮아가더군. 아주 똑같이 말야."

"스타이너 씨가 한 말이 이럴 때 생각이 나는군요."

"스타이너라구?"

"네, 그렇습니다. 스타이너 씨 말입니다."

"저런! 그 자그만 놈이 아직도 이 지구 위에서 숨을 쉬고 있단 말인가, 존스?"

"물론이죠. 몇 주 전에 전 그가 살아있기에 만날 수 있었습니다."

"아니, 그 조그만 빈대 같은 놈이 죽지 않고 살아 있다니!"

그가 표정을 굳히며 말했다.

"손가락도 닿지 않는 나무 숲속에 지금까지 숨어 있었다니……."

"그런데, 당신 딸은 당신에게 조금도 누를 끼치지 않은 것으로 알고 있는데……."

"그 애는 자기 엄마를 너무도 닮았어. 성격은 물론 얼굴까지

빼놓았지. 그런 그 애가 자네와 함께 생활한 시간이 너무 짧아서 자네에게 어떤 고통을 줄 수는 없었을 거야. 암! 나는 스타이너 같은 놈이 숨어 있는 곳에서 튀어나올지가 궁금해지는군. 그런 쓰레기보다 못한 놈은 언제나 굴욕받기를 바란단 말이야."

"당신이 나를 만나자고 한 것은 이런 얘기나 하려고 한 것이 아닐 텐데요, 박사!"

"물론이지. 하지만, 그럴 이야기를 전부터 하고 싶었던 거야. 나는 전부터 그러니까, 지난번 파티 때부터 자네에게 뭔가를 빚진 것 같은 기분이었네. 하지만, 난 그런 빚을 갚는 버릇도 없는 게 사실이지만 말일세. 오히려 어쩌면 자네가 다른 사람들보다 더 많은 보답을 받은 것인지도 모르지."

"다른 사람들이라는 건 그 두꺼비들을 말하는 거겠군요."

"두꺼비들이라구?"

그는 고개를 갸우뚱하며 말했다.

"그게 무슨 소리요?"

"그건 당신의 따님께서 그 알량한 당신 친구들에게 붙여준 별명이라면 아시겠습니까?"

"나는 친구가 없네."

언젠가 그의 하인 알버트가 하던 대로의 말이었다.

"그러한 자는 그저 안면이 있는 이들일 뿐이야. 어느 누구와도 안면이 있는 것처럼 말일세. 친구라니? 그들을 내가 싫어한다고 자네는 생각하지도 못하겠지. 그래, 난 그들을 싫어하지는 않지. 다만 그들을 경멸할 따름이라구. 존스, 알겠나!"

"내가 당신을 경멸하는 것처럼 말인가요?"

"뭐라고? 그러나, 자네는 그럴 수가 없지, 절대로! 자네는 자신의 심정을 정확히 표현도 못하지 않는가. 자네는 지금 나를 경멸하는 것이 아니라 나를 미워하고 있거나 혹은 미워한다고 생각하는 거겠지."

"아닙니다. 전 분명히 당신을 경멸하고 있습니다."

박사는 내가 처음으로 그를 만나러 왔을 때 루이스가 경고한 무서운 미소를 띠울 듯 말 듯한 아주 엷은 미소를 지었다.

그 미소는 뭐라 형용할 수 없는 웃음이었다. 그건 마치 아주 배짱이 좋은 조각가가 부처님의 얼굴에다 이교도의 냄새가 풍기는 모습을 서투른 솜씨를 발휘하여 조각하려 할 때 짓는 그런 웃음일 것이라는 생각이 들었다.

"그래 존스, 자네는 나를 정말로 미워하는군. 실제 그건 존경과 같은 마음의 상태일 뿐이야. 자네와 나는 스타이너를 생각하고 있지. 그 내용도 같은 것일 거야. 한쪽으로는 내 아내였던 안나의 엄마를 생각하고, 또 한쪽으로는 내 딸을 생각하면서 말야."

"당신에 대한 경멸감에는 변함이 없을 거요. 비록 모두가 죽었다 해도 용서를 할 수 없지요."

"용서라! 그것은 신앙을 가진 사람들의 얘기가 아닌가? 자네도 하나님을 믿는가, 존스?"

"글쎄요. 내가 말할 수 있는 것은 오직 이 세상의 그 누구도 이렇게 경멸해 본 적이 없을 정도로 내가 당신을 경멸하고 있다는 것뿐이오."

"또 자네는 별로 좋은 말이 아닌 것을 입에 올리는구먼. 어떤 의미로 말한다면, 그렇지. 아주 중요한 것일 테지. 존스, 내가 말하지만 자네는 나를 경멸할 수가 없네. 경멸한다는 것은 큰 실망을 겪어야 나오게 되지. 대부분의 사람들은 커다란 실망을 할 수가 없네. 난 자네가 그럴 수 있는 노력을 할 힘이나 있는지 의심스럽거든. 누군가를 경멸할 때는 깊고도 고칠 수 없는 상처를 입게 되지, 마치 죽음의 시초와도 같이 말일세. 또한 시간이 흐름에 따라 바로 그 당사자에게 상처를 줌으로써 복수를 하게 되는 법이고, 그렇게 만든 사람이 죽은 경우에는 그 사람 대신 다른 사람에게 복수를 하게 되지. 아마도 내가 하나님을 믿었다면 나는 경멸의 요인을 주는 실망을 신에게 대신하여 보냈을 걸세. 이건 신학적 이야기인지는 모르겠지만, 인간이 자신의 일 때문에 신에게 어떤 방법으로든 복수를 하게 될지는 잘 모르겠네. 하지만, 나는 하나님을 믿는 이는 자기의 자식을 그 대상으로 할 것이라고 생각하네."

"그럴지도 모르겠군요. 피셔! 아마 나는 당신을 미워할 필요가 없을 것 같습니다. 당신은 미쳤으니까."

"미쳤다고? 오! 내가 미쳐? 그게 무슨 소리야. 난 이렇게……"

그는 예의 그 미소를 조금 더 강하게 지으면서 말했다.

"자네는 지혜로운 사람이 못 되는군. 지금 자네는 내 나이쯤 되었는데도 불구하고 말일세. 여건을 보면 더욱 자네가 슬기롭지 못하다는 것을 알 수 있지. 살기 위해서 초콜릿에 대한 편지나

쓰고 번역이나 하고 있지 않나. 그런 머리를 가지고 나를 미쳤다고 하니 나 역시 간혹 내 주위의 사람들 수준에서 이야기 하기를 바라지. 그걸 때가 바로 두꺼비들—내 딸이 그렇게 부른다고 하니—과 같이 있을 때 그들이 어떻게 행동하는가를 보는 게 재미있거든, 그때가 난 제일 낮은 수준일 때야. 그들 중 그 누구도 감히 자네가 말하듯이 나보고 미쳤다고 말할 만한 자는 없지. 그들은 그렇게 한다면 다음에 열릴 파티에 참석할 수 없다는 것을 아니까 말일세."

"또 그 알량한 죽 한 사발도 안 먹어도 되고요."

"하지만 그들은 선물을 잃게 된다네, 존스. 그들에게 있어 선물을 잃는다는 것은 생명을 잃는다는 것과 다름없으니까. 몽고메리 부인은 나를 너무 잘 이해하고 있지, 언제나 '제가 어떻게 동의를 할까요, 피셔 박사님!'하고 말하거든. 물론 딘은 화를 낼 줄 알아.—그는 자기를 무시하는 것을 참지 못하거든. 그는 리어왕조차도 무시하려고 해. 자기는 영화에서조차 리어왕 역할을 충분히 못하면서 말이지. 벨몽은 언제나 화제 거리를 주의 깊게 듣다가 자기에게로 화살이 올 것 같으면 묘하게 피하려고 하지. 장군은…… 난 더 이상 늙은이의 주책을 참을 수 없어. 하지만, 아주 특별한 경우에만 추방시키지. 그럴 때마다 장군이 할 수 있는 것이라고는 퉁명스러운 웃음과 '전선에서의 행진 같구만'할 뿐야. 아마 장군은 총소리를 들어 본 적도 없을 거야. 사격장에서나 들었겠지만. 그러니까 킵스가 가장 훌륭한 경청자지. 난 그가 언제나 내가 말한 것은 자기에게 유리하고 알맞게 만들어 소화를 할 줄 알아. 음! 킵스는 왜 내가 자네에게 신탁된 재산을 주려는지도 알 거야."

"신탁된 것이라니 무슨 말인가요?"

"자네도 알고 있는 것으로 알았는데—이니 몰랐는지도 모르지—내 마누라가 자기 딸을 위해 가지고 있던 약간의 재산이지만 은행에 맡겼던 것이 있네. 그런데, 딸 애가 아이도 없이 죽었으니 그건 당연히 내 소유가 됐다고 봐야겠지. 그게 그녀를 용서하기 위한 것이라는 생각도 드네. 만일 내가 그녀를 용서해 줄 한 푼어치도 값어치가 없다면 무엇 때문에 용서를 하겠나? 그 돈을 내 것으로 만든다면, 나는 결국 그녀를 용서한다는 게 되겠지. 킵스라면 어떤 변화나 배반도 서슴지 않았을지 모르겠지만."

"박사는 부인이 다른 남자와 잠자리를 같이 했다고 생각을 하는 모양이군요. 용서를 운운하니 말입니다."

"그와 잤다고? 음악을 들으면서 암고양이가 발정기가 되어 웅얼거리듯이 그자 옆에서 졸기는 했겠지. 만일 자네가 내 아내가 다른 녀석과—스타이너이든 킵스든—불륜의 관계를 가졌는지 묻는다면 단연코 아니라고 말할 수 있네. 확인할 수가 없고, 불가능한 일이라고 하겠지만, 난 아니라고 확신하네. 그랬든지 아니든지 간에 그것은 나에게 그다지 중요한 일은 아니네. 그렇다 해도 그건 동물적인 충동일 뿐이니까. 난 그런 생각은 아예 하지도 않아. 그런데도 그녀는 나보다는 새롭게 사귀는 것을 좋아했지. 킵스 씨의 점원하고도 말이지. 그 정도의 수입밖에 안 되는 녀석이라니 어처구니가 없는 일이야."

"모든 것을 그저 돈과 연관지어 생각하는군요. 박사는? 그러니까 스타이너 씨는 당신 부인과 불륜의 관계를 맺을 자격이 안 된다 이거죠, 돈 때문에?"

"돈이 얼마나 중요한 건지 모르나? 어떤 이들은 돈 때문에 죽음을 당하기까지 한다는 걸 아시나? 소설에서나 사랑 때문에 죽지. 이 현실 사회에서 그럴 수 있나? 어림없는 말이지."

피셔 박사의 그 말에 나는 생각이 났다. 조금 전까지만 해도 난 사랑을 위해 죽으려 했다. 그런데, 실패를 했지만 말이다.

과연 내가 사랑을 위해 죽으려 했던가? 아니면 고독에서 벗어나려고 했을까?

이런 해답을 얻으려고 나 자신에게 반문을 해보느라 피셔 박사를 생각할 겨를이 없었다가 그가 마지막으로 하는 말소리에 다시 정신을 차렸다.

"그래서, 난 그 신탁되어 있는 돈을 모두 자네에게 넘기겠네, 존스!"

"돈이라니 무슨 말이죠?"

"안나 루이스 엄마가 신탁해 놓은 것을 말하는 거지, 존스."

"난 그런 돈은 필요치 않습니다. 우리 두 사람은 내가 번 돈으로도 생활을 잘했으니까요. 언제나 충분했으니깐 말입니다."

"자넨 날 놀라게 하는군. 난 자네가 그녀 어머니의 돈을 기쁘게 받을 줄 알았는데……"

"천만예요. 우린 그런 돈은 절대 쓰지 않습니다. 나중에 아이들을 위해선 그녀가 쓰려고는 했지만……"

잠시 말을 끊었다.

"그날 스키가 끝나면……"

그리고, 나는 이 세상을 온통 눈으로 덮어 버리는 듯이 내리는 눈을 보기 위해 창밖으로 고개를 돌렸다.

난 또 내 생각에 골몰하여 피셔 박사의 말소리를 듣지 못하다가 파티라는 소리에 정신을 차렸다.

"내가 마련하는 최후의 파티일세. 아주 굉장한 모험이 있는 파티가 될 걸세."

"또 파티를 하겠다고요?"

"그 최후의 파티에 자네도 꼭 참석해 주길 바라네, 존스! 난 자네에게 왠지 빚진 것 같은 기분이거든. 자네는 전번의 죽 파티 때 두꺼비들을 몹시 경멸했지. 자넨 그날 죽도 먹지 않았고, 마련해 놓은 선물도 가져가지 않았지. 자넨 철저하게 이방인처럼 구경만 한 게 그들에게는 몹시 싫었던 거야. 결국 미워하게 되었지. 난 그곳에서 벌어지는 일은 어떤 일이든지 좋아하고 애착심을 갖고 있단 말씀이야."

"내가 크리스마스 전날 성 모리스 성당에서 미사를 마치고 난 후 그 두꺼비들을 모두 만났는데, 조금도 미워하거나 분노를 표시하지 않았습니다. 벨몽은 나한테 카드까지 주더군요, 박사!"

"그거야 당연한 일이지. 만일 그들이 자신들의 감정을 밖으로 표시한다면 오히려 더 패배를 하는 것이다 굴욕감을 느끼지 않았겠나, 존스! 그들은 지금 자네를 될 수 있는 대로 멀리 하려고 하고 있네. 자네를 만나고 2주일 정도 지난 뒤에 장군이 내게 와서 뭐라고 얘기했는지 아나? 비록 그게 몽고메리 부인의 생각이지만 말이야.

'당신은 사위에게 너무 심한 행동을 했다고 생각지 않는지요, 선물도 주지 않고, 그날 밤 복통을 앓은 것도 실상은 그의 잘못이 아니지 않은가요. 그 후 우리를 모두가 겪을 수 있는 일이니까 말입니다. 하지만, 난 무척 그의 행동이 구역질 나긴 했지요. 거기다 당신의 즐거움을 깨뜨리고 싶은 마음이 없어 모든 것을 그대로 두고만 봤던 겁니다.'라고 말하더군."

"어쨌든 난 박사가 여는 파티에 참석지 않을 겁니다."

"이번 파티는 정말이지 흥미가 진진할 텐데, 존스! 결코 시시하거나 천한 파티는 아니라고 내 약속할 수 있네. 거기다 멋진 식사가 모두를 기다리고 있을 걸세."

"나는 훌륭한 음식이 마련된 장소에 가는 것에는 익숙지가 못합니다. 박사님, 그래서 사양할까 합니다."

"난 자네가 이번 파티에 참석하면 그들의—두꺼비들—탐욕이 어느 정도인지 알게 될 거라는 생각이 드는군. 아주 좋은 시험장이 될 거야. 자넨 언젠가 몽고메리 부인에게 그들에게 직접 수표로 주면 될 것이고, 또 그러면 그들이 잘 받을 것이라고 말한 적이 있다고 생각하는데, 맞는지 모르겠군."

"그때 몽고메리 부인이 말하기는, 그들이 절대로 받지 않을 거라고 말하던데요."

"좋아, 존스! 우린 직접 그 현장을 볼 수 있는 기회가 온 걸세. 그들은 진실된 자기들의 모습을 보여 줄걸세. 난 자네가 꼭 이번 파티에 참석해서 그들이 어떻게 되어가는지를 봤으면 좋겠어."

"되어가다니요?"

"탐욕이 어떤지, 존스! 부유한 자의 탐욕을 자네는 결코 알지 못하리라 생각하는데."

"당신은 당신 자신도 부자라고 생각할 텐데요."

"물론이지. 그러나 탐욕에 있어서는—전에도 말했듯이 성질이 다른 것이지, 내가 원하는 것은……"

그리고는, 박사는 마치 무척 중요한 의미가 있다는 듯이 크리스마스 과자 상사를 높이 치켜올렸다.

"이것이 바로 내 몸일 수가 있지. 내가 원하는 것은……"

그리고는, 다시 그 과자 상자를 내려놓았다.

"무엇을 하려는 건가요, 박사?"

"자넨 내가 하는 얘기의 뜻을 알아들을 수 있을 정도로 똑똑하지는 않구만."

나는 그날 저녁 잠을 쉽게 자지 못하리라는 생각을 했으나, 제네바까지의 추운 여행을 해서인지 어렵지 않게 잠들 수가 있었고, 잠 속에서는 피셔 박사가 나타났다.

꿈속에서 나는 어릿광대처럼 얼굴에 페인트 칠을 하고, 수염은 마치 달걀을 가지고 요술을 피우는 카이젤 수염을 만들어 붙인 우스꽝스러운 모습을 한 피셔 박사가 나타났다.

그는 눈썹에서도 허공에서도 달걀을 만들어 냈다. 그리고, 그 달걀들을 모두 공중에다 일렬로 세워 놓았다가 갑자기 손으로 모두 쓸어 버리면서 땅에 떨어뜨려 산산조각이 나도록 만드는 순간 난 잠에서 깨어났다.

다음 날 아침 어김없이 편지함 속에는 피셔 박사의 초대장이 들어 있었다.

'피셔 박사는 당신을 최후의 파티에 초대하셨습니다.'

그 파티는 일주일 안에 열릴 예정이었다.

내가 사무실로 나가자 동료들 모두가 내 모습을 보고는 놀라는 눈치였다.

그러나, 누군들 무엇인지를 다 할 수 있는 게 아니지 않은가? 물론 죽음을 택하려던 난 실패를 했다. 하지만, 어떤 의사도 나에게 안정을 취하라는 말밖에는 다른 처방을 내릴 수 없을 것이다.

만일 내게 좀 더 용기가 있다면 높은 빌딩에 올라가서―물론 고층 빌딩의 높은 층에 창문이 열려져 있어야겠지만―떨어져 죽을 수도 있겠지만 그런 용기가 아직까지는 없었다.

또 다른 방법으로는 내가 차와 함께 다른 사람의 차의 뒤꽁무니를 들이받는 그런 사고는 다른 사람에게까지 피해를 줄 수 있는 결과를 가져다줄 것이고 확실히 죽을 수 있다는 보장도 없는 것 아닌가. 또 내게는 권총도 없지 않은가? 일을 끝내고 집으로 돌아오던 중에 자살이라는 어려운 일을 잠시 잊기 위해 음란하다고 할 수 있는 영화를 보았다.

영화를 보는 동안 나에게는 작은 욕망도 일어나지를 않았다.

영화에서는 모든 게 태고적 그대로였는데도 불구하고 그만 일어나고픈 마음이 생겼다.

인간은 아무래도 먹는 게 우선인가 보다. 난 카페로 가서 케이크와 커피를 시켜 먹고 다시 생각에 잠겼다.

'왜 내가 먹었지? 나는 지금 먹을 필요가 하나도 없지 않은가 말야, 굶는다는 것은 아주 좋은 죽는 방법이 아닌가.'

하지만, 50일간이나 먹지 않고 살았다는 코크 시장 얘기도 있기는 하지만 말이다. 난 웨이트리스에게 메모지 한 장을 부탁해 편지를 썼다.

'알프레드 존스는 피셔 박사의 파티 초대를 기꺼이 응하겠습니다.'

이렇게 쓰고는 마음이 변하기 전에 접어서 호주머니 집어넣었다. 다른 생각이 나기 전에 우체통 속에다 집어넣어 버릴 마음이었다.

'왜 내가 그 초대에 응했지?'

난 아무리 생각해 봐도 모를 일이었다. 그것은 내가 골치 아픈 현실에서 잠시나마 도피하고 싶다는 마음에서였는지 모른다. 내가 어떻게 하면 고통 없이 그리고, 다른 사람들에게 불쾌하거나 피해를 주지 않고 죽을 수 있을까 하는 고민스런 그 생각으로부터 말이다.

물에 빠져 죽는 것도 생각할 수가 있다. 레몬 호수가 바로 길

가까운 데 있으니까. 그 얼음같이 차가운 물은 저쪽 기슭까지 수영해 나갈 엄두도 내지 못하게 하며, 나를 죽음으로 인도할 수 있을 것이다. 그런데 물에 빠져 죽는다는 생각을 하자 아주 어릴 적 친구들에게 등을 떠밀려 물에 빠진 이래로, 그 정신적 공포가 내게는 지금까지도 두려움을 주고 있었다.

더구나 내 몸을 물고기들이 더럽힐 생각을 한다면……가스에 의한 죽음도 생각해 봤다. 하지만, 그것도 여러 집이 공동으로 사용하기 때문에 어려운 일이었다.

그렇다면, 결국 굶는 일이 가장 깨끗하고도 현명하고 남에게 폐를 끼치지 않는 방법으로 단정됐다. 코크 시장 때보다는 지금 내가 훨씬 더 늙고 힘이 없으니까. 이처럼 살 수 없다는 결론에 도달하자 난 피셔 박사의 최후의 파티가 끝난 다음 날이 내 인생의 종말을 고하는 날로 택했다.

16

　묘하게도 내가 자동차로 자살하려고 마음먹은 도로에서 사고가 발생하여 피셔 박사의 초대에 조금 지체하게 되었다.

　어떤 차가 트럭에 부딪혀서 길 아래로 굴러떨어져 경찰과 병원차가 와 있었고, 사고 차가 불타고 있는 불빛으로 하여 어두운 밤을 밝게 해 주었다.

　피셔 박사 집에 도착하자 알버트가 문가에 서 있다가 뛰어나오면서 차의 문을 열어 주었다. 나를 두꺼비의 일원이라 믿어서였는지 이름도 정중하게 부르며 태도가 공손하였다.

　"안녕하셨습니까, 존스 씨! 박사님께서는 외투를 입으신대로 오시라는 말씀이셨습니다. 만찬은 정원에서 하시게 되었다는군요."

　"정원에서 한다고?"

　내가 물었다.

이렇게 추운 밤에, 그 어느 날 밤보다도 추워 별들마저 열을 내느라고 반짝이는 영하의 날씨에 말이다.

"하지만, 손님께서는 곧 얼마나 따뜻하게 될지 아시게 될 것입니다."

알버트가 말했다.

알버트는 내가 처음 이 집에 와서 몽고메리 부인을 만났던 그 책으로 가득한 거실 쪽으로 안내하여 지나가게 했다.

거실에 가득한 책들은 박사가 치장용으로 일체를 단번에 구입한 것 같았다. 그 방의 빈 공간을 메우기에는 다른 치장품보다 훨씬 싸고 폼을 잴 수 있는 물건들임에 틀림없는 것 같았다.

프랑스 풍의 창문들은 그 아래쪽으로 커다란 호수가 있는—그러나, 지금은 한 줄기 불빛 외에는 아무것도 보이지 않는—그 잔디밭을 볼 수 있도록 문이 열려 있었다.

네 군데로 나뉘어서 커다란 모닥불이 눈 위에서 활활 타고 있었고, 그 불빛은 나무 사이를 어지럽게 어른거리고 있었다.

"이 얼마나 아름다운가요?"

몽고메리 부인이 어둠 속에서 나를 발견하고는 소리쳤다.

"여긴 마치 요정의 나라인 것만 같아요. 존스 씨, 외투를 입지 않으셔도 될 것 같군요. 우리 모두는 당신과 다시 이렇게 만나게 되어서 기쁘고 반갑습니다. 우린 당신을 무척 보고 싶었답니다."

우리라는 말이 듣기에 매우 거북했다.

내가 아는 두꺼비들이 모두 모여 있었다. 불가에 마련해 놓은 테이블 주위에 서 있었다.

모닥불 빛은 크리스탈 잔들 위에서 더욱 영롱하게 어른거렸다.

정원에서의 모닥불 파티의 분위기는 죽 파티 때와는 전혀 다른 느낌을 주었다.

"이 좋은 불빛도……이것이 바로 마지막 파티라니."

몽고메리 부인이 말했다.

"하지만 존스 씨, 당신은 피셔 박사께서 우리에게 얼마나 훌륭한 작별의 뜨거움을 줄 건가를 보시게 될 거예요. 난 박사님께 내가 좋아하는 것들을 직접 가르쳐 드리면서 이 파티를 여는 데 도와 드렸거든요. 절대로 죽이 아닌 파티 말입니다!"

그때 알버트가 술잔과 위스키, 드라이, 마티니, 알렉산더 등을 담은 쟁반을 들고 내 곁에 서 있었다.

"난 알렉산더로 주게!"

내가 말했다.

"이번이면 세 번째 말하는 것 같군요. 칵테일을 마시면 미각을 해친다고 제가 말씀드렸지 않아요. 언제나 말했듯이 허기를 느끼지 않으면 미각의 참된 맛을 모르게 되죠."

몽고메리 부인이 애석하다는 듯이 말했다.

리처드 딘이 요리를 들고 나왔다. 그의 표정은 석고상처럼 굳은 그대로 무감각한 것 같이 내게는 느껴졌다.

딘의 뒤에는 킵스가 모닥불 사이에 구부정하게 서 있는 모습이 보였다.

"전번 죽 파티와는 전연 다르죠. 얼마나 훌륭합니까!"

딘이 떠들었다.

"이것이 마지막 파티라니 애석하군. 당신은 우리의 오랜 친구가 망했다고 생각합니까?"

"천만에요."

몽고메리 부인이 말했다.

"박사는 항상 우리들에게 언젠가는 마지막 파티가 있을 것이며, 그 최후의 파티는 우리들 모두를 흥분의 도가니로 몰아넣는 가장 멋지고 훌륭한 파티가 될 것이라고 말해 왔지요. 바로 그것이죠 뭐. 나는 더 이상 박사가 냉정함 속에서만 사시기가 싫었던 거겠죠. 그의 가련한 딸이……"

"박사에게도 그런 따뜻한 일면이 있었나요?"

내가 물었다.

"당신도 우리 모두가 그러했듯이 잘 모르시는군요, 박사님의 포용력은……"

그때 빠프로브 강아지가 그녀에게 달려들었다. 그녀는 에메랄드 목걸이가 있는 목에다 손을 대며 놀라워했다.

그러자 정원 컴컴한 구석에서 피져 박사의 음성이 들려 왔다.

"모두들 자리에 앉아서 술이나 마십시다."

나는 박사가 어디에 서 있는지를 알 수가 없었다. 한참 만에 한 20여 미터쯤 떨어진 곳에 놓여 있는 배가 불룩한 술통 뒤에 구부정하게 서서 자신의 두 손을 비비고 있는 것을 볼 수 있었다.

"저분 좀 보세요."

몽고메리 부인이 신이 나서 말했다.

"아주 사소한 일에까지 관심이 대단한 열성적인 분이세요."

"박사가 지금 뭘 하고 있는 겁니까, 부인?"

"밀기울 추첨통에다 과자를 숨겨 두는 중이랍니다."

"테이블 위에다 두면 될 걸 가지고 뭐 때문에 숨기지요?"

"박사님은 그게 부서질까 봐 그러시는 것이죠. 밀기울이 든 추첨통에 대해서 내게 이야기해 주셨지요. 박사님은 추첨통에다 선물이 들어 있는 과자 상자를 넣어 두고는 우리에게 아무것이나 마음대로 꺼내게 하는 거죠."

"당신은 금으로 만든 담뱃갑을 받게 될 것 같다는 생각이 들지 않으셨나요?"

"천만에! 이번 선물은 누구에게나 남녀를 가리지 않고 모두에게 유용하다는 것으로 압니다."

"아니, 이 세상의 어떤 것이 모두에게 필요하다는 겁니까?"

"우리 이럴 게 아니라 기다려 보도록 합시다. 박사가 우리에게 이야기했으니까 박사를 믿어야지요. 당신들도 알다시피 박사는 매우 감각이 뛰어나신 분이니까요."

우리는 테이블로 가서 제각기 자리를 잡고 앉았다.

나는 몽고메리 부인과 리처드 딘 사이에 앉았고, 내 맞은쪽에는 벨몽과 킵스가 앉았으며, 크뢰거 예비역 장군은 이 파티를 베푼 연회자와 마주 보아야 하는 테이블 제일 끝자리에 앉았다.

포도주잔들이 질서 정연히 늘어서서 있는 것이 매우 인상적이란 생각이 들었다.

1971년도 산 푀르솔토와 1969년도 산 모통 로트칠드, 연대를 할 수 없는 쿡버느 포도주가 준비된 모양이었다.

최소한 내 생각으론 진정제의 도움 없이 내 스스로 어리석어질 때까지 마실 수 있다는 종류의 술이었다. 피너쉬 보드카 병은(이번에는 캐비어를 모두 나누어 들었다) 얼음통 속에 놓여져 있었다.

나는 오버코트를 벗어서 내 의자 뒤에다가 걸쳐 모닥불의 열기로 해서 내가 견딜 수 없는 뜨거움을 겪지 않도록 만반의 준비를 했다. 잔디밭은 눈이 녹아서 질척거렸다.

나만 빼고 두꺼비들은 벌써 캐비어를 두 접시째 갖다 먹어 치우는 중이었다.

"싱싱하군요. 비타민시가 가득 든 것이군요."

몽고메리 부인이 말했다.

"이렇게 분위기에 젖어서 피너쉬 보드카를 마실 수 있다니……"

벨몽이 여러 사람들에게 세 번째 잔을 들면서 말했다.

"자, 술을 마십시다."

"그들은 1939년 겨울에 굉장한 전투를 벌였지요."

크뢰거 퇴역 장군이 말했다.

"만일 프랑스가 1940년 그때 잘 되어 나갔다면……"

리처드 딘이 나에게 말을 걸었다.

"존스 씨, 혹시 덩케르크 해변에서 저 보신 기억이 없으신지요?"

"없군요. 전 덩케르크 해변은 아직 가 본 일이 없습니다."

"나는 영화에서 본 것 같은데요."

"그럴 리가 있나요. 보았을 리가 없습니다. 무슨 얘기인지?"

"그것참 이상하군. 그 영화는 아주 깨끗하고도 생생한 필름이었는데."

모통 로르칠드와 불에 구워 먹을 수 있는 암소고기가 눈길을 끌었다. 그것은 밀가루로 얇게 겉을 씌운 채 각종 양념들을 발라서 구워진 요리였다. 무척 훌륭한 고기였지만, 그 빨간 피를 보는 순간 갑자기 구토가 일었다. 안나 루이스가 쓰러져 있던 스키 리프트의 광경이 떠올랐던 것이다.

"알버트!"

피셔 박사가 말했다.

"자네 존스 씨를 위해서 고기를 잘게 썰어 주게. 저분은 한쪽 손이 불편하시다네. 알겠나……"

"존스 씨를 위해서 제가 좀 도와야겠군요."

몽고메리 부인이 말했다.

"동정! 항상 그놈의 동정이라니까."

하고 피셔 박사가 말했다.

"부인! 당신 때문에 성경을 다시 써야 할 것 같소. '네 자신을 동정하듯이 네 이웃을 동정하라.'고 말요. 여인네들은 모두 동정의 감정을 과장하여 떠들거든. 내 딸도 내 마누라도 그러했으니까. 내 딸은 존스를 동정한 나머지 결혼했을 테니까. 내가 확신하지만 몽고메리 부인에게 지금 자네가 청혼을 하면 금방 응낙할 걸세. 그러는 그 순간 연민의 정인지 동정인지는 사라져 버리지. 그 동정이 눈에 보이지 않게 되면……."

"어떤 감정이 말입니까?"

리처드 딘이 물었다.

"사랑!"

두꺼비들 중에서 가장 빠르게 몽고메리 부인이 말했다.

"난 지금껏 한 여자와 3개월 이상을 같이 잠잔 적이 없어요."

딘이 말했다.

"그런 긴 무슨 사랑 운운은 귀찮은 일이죠."

"그러니까, 진정한 사랑을 나누지를 못하지 않아요."

"당신은 결혼 생활을 얼마나 하셨지요, 몽고메리 부인?"

"한 20년 되죠."

"내가 당신의 의문을 풀어 줄 수 있소, 딘!"

피셔 박사가 말했다.

"몽고메리 부인은 굉장히 부유했을게요. 그 많은 돈이 오랫동안 진정하다는 사랑을 하도록 도와주었겠지. 아니, 그런데 자네는 아무것도 먹지를 않는군, 존스! 그 고기가 푹 익지가 않아서인가? 아니면 몽고메리 부인이 잘라 준 것이 먹기에 적당치가 않아서인가?"

"고기야 나무랄 데가 없이 훌륭한데 먹고 싶은 욕심이 생겨나질 않는군요."

나는 모통 로드칠드 한 잔을 새로 따라 마셨다. 그 포도주도 내가 식욕을 잃어서인지 그 독특한 맛이 전해 오는 것 같지가 않았다.

"존스! 예전의 파티 때와 같다면 자네는 먹지를 않았기 때문에 자네 몫의 선물을 잃게 되겠지만, 그러나 이 최후의 만찬에 있어서는 그 누구도 자신이 포기하겠다고 하지 않는 이상에는 자신의 선물을 잃게 되지는 않지."

피셔 박사가 말했다.

"그럼 누가 박사님의 선물을 거절할 이유라도 있는가 보죠?"

몽고메리 부인이 말했다.

"잠시 후면 매우 재미있는 일도 생길 테고… 곧 알게 되겠지."

"결코 그런 일이 생기지 않을 거라는 것을 박사님이 누구보다
도 잘 아실 텐데요. 거기다 박사님은 관대한 분이시니 더욱 그렇
죠."

"결코라니 너무 황송한 말이군. 난 그렇다고 확신이 서질 않는
데. 알버트, 자네 너무 술잔에 신경을 쓰지 않고 있구먼. 리처드
딘 씨의 잔이 비어 있잖나. 벨몽 씨 잔도 마찬가지고……"

그곳에 있던 두꺼비들은 박사가 자기의 의중을 말할 때까지
포도주를—식사 후에 치즈와 술을 즐기는 영국식 관습대로—
마시지 않고 있었다. 언제나처럼 몽고메리 부인이 박사를 추켜
올리기 시작했다.

"내 손가락은 벌써부터 추첨통에 들어가고 싶어서 야단인
데요."

"그 속에는 몇 개의 과자 상자가 들어 있을 뿐인데."

피셔 박사가 말했다.

"킵스 씨, 당신은 당신 몫의 과자 상자를 꺼내기 전까지 잠들
지 않도록 하여야 될 게요. 딘, 당신은 포도주를 따라 놓고 제사
지내는군, 그렇지 않나? 그렇게 마시는 법이 아니지. 도대체
당신은 어디서 교육을 받은 거요?"

"약간의 과자 상자라?"

몽고메리 부인이 말했다.

"당신은 참 우스운 사람이군요. 우리 모두가 다 잘 아는 것들인데, 과자 상자가 얼마나 되는지 말이죠."

"6개의 피자 상자가 추첨통 안에 들어 있어,"

피셔 박사가 말했다.

"그런데, 그중 5개에는 종이가 들어 있지."

"종이라고요?"

벨몽이 의외라는 듯이 소리를 쳤다. 킵스도 놀라서 피곤한 모습으로 피셔 박사를 바라보았다.

"좌우명이 적힌 종이!"

몽고메리 부인이 설명하는 것처럼 말했다.

"그 과자 상자 안에 좌우명을 적은 편지를 넣은 모양이군요."

"그 외에 뭐 다른 것이라도 들어 있나요?"

벨몽이 물었다.

"좌우명이라니? 그게 아니오."

피셔 박사가 말했다.

"그 종이에는 어떤 이름과 주소가 적혀 있지— '크레티트 스위스 베른'이라고 말이오."

"그럼, 그건 과자 상자가 아니지 않습니까?"

킵스가 물었다.

"그렇소. 그건 수표요, 킵스. 모두에게 똑같은 액수의 수표요. 그러니까, 당신들은 조금도 시기할 필요가 없으니까 염려하지 마시오."

"내 생각엔 친구 사이에 수표를 생각한다는 것은 절대 좋은 일이 아니라고 생각하는데요."

벨몽이 말했다.

"오! 나는 당신이 친절하다는 것을 다 압니다. 피셔 박사님, 또한 우리 모두는 파티가 끝나고 주는 선물을 언제나 감사하게 받아 왔습니다. 그러나 수표는—그것은 좋지 않군요. 절대 접 잖은 선물이라고 생각되지 않는군요."

"나는 당신을 모두에게 공정한 보수를 주려고 하는 것뿐이요. 그건 내가 정한 정당한 보수일 수 있소."

"우린 당신의 고용자가 아니지 않습니까?"

리처드 딘이 말했다.

"당신은 그 말에 책임을 질 수 있는 것이겠지. 당신들 모두는 내 오락에서 각자 자기의 역할을 충실히 수행해 오지 않았는지 묻고 싶군. 딘 씨! 누구를 위해서 당신은 내 명령을 철저하게 지켜 왔지요? 그렇지 않습니까? 난 한 사람의 연출자로서 지내 왔던 거나 진배없고, 바로 당신은 당신도 모르는 사이에 배우로서 충실했던 고용인이었소."

"나는 당신의 피 같은 그 돈을 받지 않겠소."

"그럴 필요가 없다오, 딘! 하지만, 당신은 그렇게 해야 되겠지. 수표의 금액이 엄청나니까. 피터 팬을 다링 씨와 연주할 수도 있겠고……"

"늘 우린 아주 훌륭한 식사 대접을 받았습니다."

벨몽이 말했다.

"우린 언제나 감사하게 생각하고 있지요. 우리가 너무 비약해서 생각할 필요가 없겠지요. 난 던 씨의 입장도 충분히 이해를 할 수 있습니다. 그러나 내가 아는 한 딘 씨는 조금 과장해서 받아들이는 것으로 생각되는군요."

"물론 당신들은 나의 작은 선물을 거절할 자유는 있습니다. 나도 알버트에게 그 추첨통을 가져다 버리라고 하면 됩니다. 알버트! 내 말 들었나? 그 추첨통을 주방으로 가져가게나. 아니 잠깐만 기다려 보게. 여러분들이 결정하기 전에 나는 그 수표가 얼마짜리인지를 말해 주고 싶구려. 그 금액은 각각 2백만 프랑씩이죠."

"2 백만 프랑!"

벨몽이 믿어지지 않는다며 큰소리를 쳤다.

"모든 수표에는 소유할 사람의 이름난이 공백으로 되어 있습니다. 여러분들은 그곳에다 쓰고 싶은 이름을 채우기만 하면 됩니다. 사용하기 나름이죠. 킵스 씨가 그 돈을 꼽추를 고치는 데 쓰라고 병원에 기부 할 수도 있고, 몽고메리 부인은 사랑하는 사람에게 선물을 사 보낼 수도 있고, 딘 씨는 그 돈으로 영화에 투자할 수도 있을게요."

"그렇게 말씀하시니 왠지 좀 이상하군요."

몽고메리 부인이 말했다.

"박사님은 우리 친구들이 당신의 돈을 얻고자 모인 것으로 여기시는군요."

"부인은 그런 수표가 에메랄드와는 다른 것이라 여기는 모양이지요?"

박사가 말했다.

"사랑하는 한 남자에게 받은 보석은 그 의미가 무척 큰 것이지요. 박사님은 그 참된 의미를 잘 모르시겠지만 말이죠. 우리들은 얼마나 박사님을 생각하고 있는 줄 아십니까? 그건 정말이지 순수한 것이죠. 아니 그것은 말로도 부족한 감이 있어요. 박사님은 내가 말하는 뜻을 아실 거예요."

"물론 난 여러분들이 그 누구도 혼자 쓰기에는 2백만 프랑이라는 돈이 필요치 않으리라고는 알지요. 여러분 모두가 그럴지 의문이지만……"

"그러니까 수표에 우리들 이름을 적지 않은 어떤 특별한 이유가 있군요?"

벨몽이 말했다.

"세금 때문이라고나 할까요."

피셔 박사가 말했다.

"난 그게 아주 편리한 방법인 것 같더구만. 거기다 여러분은 그 방법이 얼마나 유용한지 나보나 더 잘 알고 있을 겁니다."

"난 그런 뜻이 있을 줄은 몰랐습니다. 난 인간의 존엄성을 무시당하는 것이라고 생각을 했지요."

"아! 물론이죠. 난 여러분들이 오히려 일 이천 프랑보다는 2백만 프랑이 보다 더 여러분을 모욕한다고 느낀다는 것을 알지요."

"내가 조금 성급했던 모양이군요."

벨몽이 말했다.

그러자, 여지껏 입을 다물고 있던 크뢰거 장군이 처음으로 말했다.

"나는 킵스 씨나 무슈 벨몽처럼 돈이 있는 사람이 못됩니다. 난 그저 단순한 군인이었을 뿐이지요. 그래선지 지금 캐비어를 아무런 부담 없이 받아들인 것이나 수표를 받아들이는 것이나 별다른 차이가 있을 수 없다는 생각이 드는군요."

"부라보, 장군님!"

몽고메리 부인이 신이 나서 말했다.

"제가 이야기하고 싶었던 것도 바로 그것이랍니다."

그러자, 킵스 씨가 말을 이었다.

"나 역시 반대하자는 것은 아닙니다. 나는 단지 하나의 궁금한 것을 풀려고 했을 뿐이지요."

"나 역시 그렇습니다."

벨몽도 말했다.

"우리들 이름이 그 수표에 기입되지 않은 것이…… 나는 단지 우리 모두가 현명해지기 바라며 특별히 영국에 살고 있는 리처드 딘 씨에게 유용하도록, 내가 그의 세금을 조정하는 사람으로서 더욱……"

"당신들은 지금 나에게 박사의 수표를 받아들이라고 충고하는 것 같군요."

딘이 말했다.

"경우에 따라서는 그렇다고도 할 수 있는 거죠."

"알버트! 자네 추첨통을 제자리에 갖다 놓게나."

피서 박사가 말했다.

"그런데, 아직 설명되지 않은 것이 있군요."

킵스가 말했다.

"박사께서는 과자 상자가 6개가 있다고 했는데 수표는 5장이 있다고 하셨죠. 그럼 존스 씨 것을 제외했다는 말인가요?"

"존스 씨도 여러분들과 마찬가지의 기회가 있습니다. 차례로 여러분들은 추첨통으로 가서 하나씩 자기의 과자 상자를 선택하고 잠시 그 옆에 서서 기다리다가 그것을 들고 다시 이 테이블로 오면 되는 거죠. 그런데 만일⋯⋯"

"만일! 무슨 일이죠?"

딘이 다급하게 물었다.

"내가 말하기 전에 여러분들은 모두 포도주를 한 잔씩 더 마시기 바랍니다. 아니, 아니요. 딘 씨! 내가 전에도 말했듯이— 시계 바늘이 도는 반대 방향이 아니죠."

"박사님은 우리를 아주 몸살 나게 만드시는군요."

몽고메리 부인이 떠들었다.

"박사께선 킵스 씨가 묻는 것에는 대답을 하지 않는군요. 왜 과자 상자는 6개인데 수표는 다섯 장인지 말입니다."

딘이 말했다.

"나는 우선 여러분 모두의 건강을 위해 축배를 들자는 겁니다."

피서 박사가 들고 있던 잔을 높이 치켜들면서 말했다.

"비록 여러분들이 자기 몫의 과자 상자를 끄집어 내는 것을 거절한다 해도 여러분들은 이 마지막 만찬에서 나의 마지막 탐구에 참석하신 것만으로도 이 차려 놓은 음식들을 맛있게 드실 자격이 있는 것입니다."

"탐구라니요?"

"부자가 될 수 있는 탐구 말입니다."

피셔 박사가 말했다.

"쉽게 이해할 수가 없습니다."

"피셔 박사님! 무슨 수수께끼를 하시는 것 같군요."

몽고메리 부인이 말했다.

"자 드시죠, 딘 씨!"

그들 모두는 축배인 양 술잔을 높이 들었다. 난 그들이 어느 정도 취했다는 것을 알 수 있었다. 차라리 난 아무리 술을 마셔도 슬픔의 언덕에 서 있는 것처럼 그 절망이 떨쳐지지가 않았다.

나는 빈 잔을 내려놓으면서 마음에 결정을 하였다. 지금부터는 내가 자살할 방법을 결정하기 전까지는 술을 마시지 않고 죽음의 방법을 결정한 후에 죽음을 시도하며 술을 마시겠다고 말이다.

"존스 씨는 우리와 같이 축배를 들지 않는군. 너무 신경 쓸 필요가 없습니다. 오늘 우리는 규칙을 완화하도록 했으니까 말입니다. 나는 오랫동안 여러분들의 탐욕이 얼마나 강하고 큰지를 시험해 보고 싶었습니다. 여러분들은 많은 굴욕을 받으면서도 그 뒤에 올 선물을 받기 위해 기꺼이 어떤 굴욕도 감수해왔소이다. 지난번 죽 파티를 치르면서 여러분의 탐욕은 어떤 굴욕감보다 더 크고 강하다는 것을 알게 된 것입니다."

"그건 굴욕이 아니었소. 박사님은 정말 훌륭한 남자입니다. 그런 것들은 유머를 즐기는 것이었죠. 우린 박사께서 그런 것을 즐겼듯이 우리도 그런 자체를 즐겼을 뿐입니다."

"자! 나는 여러분들의 탐욕심이 여러분들이 느낄 공포를 이길 수 있는지 보고 싶소이다. 내가 이름 지은 폭탄 파티를……"

"그게 무슨 소리입니까, 폭탄 파티라는 게?"

딘이 술기가 조금 올라선지 우쭐거리며 말했다.

"과자 상자 6개 중 하나에는 인간을 날려 보내기에 충분한 대인용對人用 폭탄이 장치되어 있기 때문에 그것을 고른 사람이 상자를 뜯기만 하면 목숨은 끝장나는 겁니다. 그래서 추첨통을 서로 떨어져 있게 한 것이고, 그 속의 과자 상자들은 흔들리지 않게 잘 놓여 있다는 것을 알아 두시죠. 여러분들!"

피셔 박사가 예의 그 미소를 지으며 말했다.

"조금 더 자세히 가르쳐 드린다면 대인용 폭탄이 든 그 과자 상자를 흔들어 보아도─그건 매우 위험합니다─다른 과자 상자와는 구별할 수가 없을 겁니다. 그 상자들은 모두가 금속으로 만든 것이니까요. 그런데, 그중 단 하나에만 내가 말하는 대인용 폭탄이 들어 있고, 그 나머지에는 2백만 프랑짜리 수표가 있지요."

"농담을 너무 잘하시네요."

몽고메리 부인이 두꺼비들과 내가 듣도록 큰소리로 말했다.

"아마 그럴지도 모르지. 내가 농담을 하는지도 말이요. 하지만, 그건 내가 이곳에 있건 없건 이 최후의 파티가 끝날 때면 알게 되지요. 이 얼마나 멋진 파티겠소? 여러분들이 폭탄이 들어 있는 과자 상자를 집든 안 집든 간에 죽음은 피할 수 없는 것이 아니겠소. 난 여러분들에게 내 명예를 걸고 그 과자 상자 속에는 2백만 프랑짜리의 수표가 들어 있다는 것을 약속하는 바이오."

"그러나, 만약 우리들 중에 누가 죽는다면……"

벨몽이 성급하게 말했다.

"어떡하시려는 거죠? 그건 살인이지 않습니까?"

"살인? 그렇지 않지. 난 여러분들의 목격자로서 봉사하고 있는 중입니다. 러시안 룰렛 게임과 같은 것이지. 살인이나 자살은 결코 아니오. 난 킵스 씨가 틀림없이 이 파티의 마지막 과정을 동조하리라 믿소. 이 게임을 하고 싶지 않은 사람은 즉시 이 자리를 떠나 주시오!"

"난 그런 게임에 참석할 수 없습니다."

킵스가 다급해 하며 말했다.

그는 자신의 의견에 다른 두꺼비들이 동조해 주기를 바라는 마음으로 주위를 둘러보았다. 그러나, 아무도 킵스와 동조하는 사람은 없었다.

"난 이런 파티에 방관자로 있기를 거절하겠소. 그건 큰 스캔들의 소지가 될 테니까요. 피셔 박사님! 내가 떠나는 것을 당신이 최후로 바라는 바이기도 하겠고요."

이렇게 말하고는 테이블에서 일어난 그는 예의 구부정한 자세로 모닥불과 집 사이를 서성거리고 있었다. 많은 상처를 입은 사나이가 목숨을 건 모험을 거부해야 하는 선두 주자가 된다는 것은 무척 끔찍한 일이었다.

"이제 여러분들만이 5번의 기회를 나누어 가질 수 있게 되었군요."

피셔 박사가 킵스가 사라지는 그 뒤에다 대고 약간 큰 소리로 말했다.

"나는 절대로 돈을 얻기 위해서 도박을 하고 싶지는 않아요. 그건 지독하게 비도덕적이니까요."

킵스가 말했다.

그의 이 묘한 말이 지금의 분위기를 한층 밝게 만들어 준 것 같았다.

크뢰거 장군이 오랜만에 입을 열었다.

"나는 도박이 비도덕적이라고는 생각지 않습니다. 난 몬테카를로에서 여러 번 즐거운 주말을 보내 봤습니다. 어떨 때는 연거푸 들어간 돈의 몇 배를 벌은 적도 있었습니다."

"가끔 나도 에비얀의 카지노로 도박을 하러 가기 위해 호주를 가로질러 간 적이 있지요."

벨몽이 비굴한 음성으로 말했다.

"많은 돈내기는 아니였지만, 어쨌든 이런 문제라면 난 결코 청교도일 수는 없지."

두꺼비들은 폭탄에 대해선 조금도 두려움은 갖지 않는 모양이었다. 이마 피셔 박사가 한 이야기를 믿는 것은 나와 킵스 단 두 사람뿐인 것 같았다.

"킵스 씨는 박사님 말씀을 굉장히 심각하게 받아들인 것 같군요."

몽고메리 부인이 말했다.

"그분은 유머 감각이 좀 둔하시니까."

"킵스 씨 몫의 수표는 어떻게 되지요. 그리고, 그의 폭탄 과자 상자는 그대로 남아 있어도 괜찮은가요?"

벨몽이 답답해 하며 물었다.

"난 그것을 여러분들에게 나누어 주고 싶습니다. 물론 그 속에 폭탄이 없다면 말이죠. 여러분들은 내가 그것을 나누어 주는 것을 싫어하는 모양 같은데 어떻습니까?"

"또 다시 40만 프랑이라."

벨몽이 어느새 계산한 숫자를 떠들었다.

"아니오, 그것보다 훨씬 많소. 여러분 중에 누구 한 사람도 살아남지 못할 테니까 말이외다."

"살다니!"

이 영문을 알 수 없다는 듯이 말했다. 아마 그는 더욱 술을 마셔서 이 폭탄 파티의 선물 이야기를 제대로 못 들은 것 같았다.

"물론 여러분 모두는 거금을 손에 쥘 수 있는 기회를 잡아 영원히 즐거움을 누릴 수가 있지요. 하지만 그 대인용 폭탄이 든 상자를 고른다면 모든 건 마지막일 뿐이오."

피셔 박사가 말했다.

"박사님은 과자 상자 속에 정말 대인용 폭탄을 장치했던 말입니까?"

"이백오십만 프랑이라……"

몽고메리 부인이 혼잣말로 중얼거렸다. 그녀는 분명히 벨몽의 잘못된 점을 고쳐 주고, 또 한편으로는 피서 박사의 계획이 멋지게 끝나기를 바라는 눈치가 역력했다.

"내가 믿건대, 딘 씨는 이 최후의 파티에서 거행되는 게임을 거절하지 않을 것으로 알고 있소. 영화 던크킬의 해변에서 죽음을 무릅쓰고 용감하게 행동하던 것을 잘 보았지. 아주 위대하게 느꼈소, 최소한 위대했다는 말을 들을 수 있었던 것이요. 당신은 오스카 트로피를 받을 뻔했으니까, 안 그렇소?

'가겠습니다. 각하, 저 혼자서라도 가겠습니다.'

그 말이 지금도 내 머리 속에서 생생하구만, 그 각본을 누가 썼는지 궁금하군."

"내가 한 겁니다. 감독도 아니고, 각본을 쓴 사람도 아니고 그 대사는 내가 한 것입니다. 그건 아주 적당한 대사였던 모양이죠. 지금의 나에게도 적용이 되다니."

"축하하오, 우리의 친우! 자, 여기에 당신을 기다리는 커다란 행운이 있소. 선택을 하시오. 저기 추첨통으로 혼자 가서 고르시 오, 딘!"

나는 딘이 추첨통으로 가리라고는 생각하지 못했다.

그는 자리에서 일어선 채 자기 잔의 포도주를 깨끗이 비웠다. 나는 그가 킵스의 뒤를 따라 그냥 가 버리려는 모양이라고 생각했다.

그런데, 딘은 너무 취해서인지, 아니면 이곳을 영화 촬영장으로 착각하고 있는지, 던크킬로 생각하는 모양으로 쓰고 있지도 않은 베레모를 바로 쓰는 시늉으로 머리를 만지면서 오랜 상대 배우인 몽고메리 부인의 행동을 생각하는 것이었다.

그때 몽고메리 부인이 의자에서 떡 일어나 추첨통으로 뛰어가며 외쳤다.

"숙녀가 먼저랍니다."

이렇게 말하면서 그는 추첨통 뚜껑을 열고 서슴없이 손을 집어넣었다.

그녀가 생각하기엔 제일 먼저 할수록 행운을 잡을 수 있는 기회가 많을 것이라는 계산을 한 모양이었다.

벨몽 역시 같은 생각을 한 것 같았다.

"우리 모두 차례를 지켜야 하지 않을까요."

몽고메리 부인이 추첨통에서 과자 상자를 찾아 끄집어냈다. 그 안에서 '펑!' 소리를 내면서 작은 금속상자가 눈 위에 떨어졌다.

몽고메리 부인은 그 안에서 종이 두루마리를 끄집어내 보고는 놀라움에 자신도 모르게 소리를 질렀다.

"뭐가 잘못되기라도 했소?"

피셔 박사가 물었다.

"아니예요. 조금도 잘못된 것이 없습니다. 박사님은 정말이지 멋있는 분이세요. 하신 말씀이 하나도 틀린 것이 없군요. '크레디트 스위스 베른'으로 2백만 프랑이 적혀 있어요."

그녀는 테이블로 뛰어오면서 더 큰 소리로 호들갑을 떨었다.

"만년필 좀 빌려주세요. 여기에 내 이름을 기입하고 싶어요.

빨리! 잊어버리기 전에……"

"부인! 난 우리들이 모두 일을 끝낸 다음 모든 것을 확실하게 알게 된 후에 적는 것이 좋다고 생각하는데요."

벨몽이 말을 했지만, 그는 귀머거리 부인에게 얘기하는 꼴이 되었다.

리처드 딘은 아직껏 부동자세를 취한 채 그 자리에 서 있었다. 그것은 마치 군대에서 상관에게 경례를 하는 모습이었다.

그는 마음속으로 자기에게 주어진 마지막 명령을 받고 있음에 틀림없는 것 같았다.

벨몽이 머뭇거리다 추첨통으로 가서 힘들게 상자를 꺼냈다. 가벼운 소리를 내면서 열었다. 별다른 일이 일어나지 않았다.

그 속에는 몽고메리 부인이 기뻐 날뛰던 금액의 수표가 똑같이 들어 있었다. 그는 승리의 미소를 띠며 윙크를 보냈다. 계산의 승리, 내기에서의 이김, 그는 돈을 그 어느 사람보다 철저하게 알고 좋아하는 사람이었다.

"가겠습니다. 각하! 비록 저 혼자이지만 가겠습니다."

딘이 술에 취해선지 영화 속의 대사만 되뇌이고 있었다. 모두가 그가 가지 못할 것이라 여겼고, 만일 이게 영화 촬영 중이라면 지금 감독은 "중지!"라고 소리쳤을 것이 뻔한 순간들이었다.

"자네는 어떻게 할 것인가, 존스?"

피셔 박사가 물었다.

"점점 행운을 잡을 승산이 적어지는데 말일세."

"난 박사의 이 어처구니없는 실험을 끝까지 보고 싶습니다.

탐욕이 결국 이겼군요. 그렇지 않습니까?"

"만일 자네가 끝까지 참관을 해야겠다면 이 게임에 참가를 해야 되겠는데…… 그걸 못한다면, 킵스처럼 떠나 버리는 것이 좋을 걸세."

"그렇겠지요. 전 기꺼이 참가하렵니다. 내가 참가할 것을 약속 드릴 수 있습니다. 내가 제일 마지막으로 추첨통을 선택하도록 하겠습니다. 아마 그게 장군에게 좀 더 유리할 수 있을 테니까 말입니다. 그러니, 걱정 마시죠, 박사!"

"자네가 이제야 조금씩 미쳐 가는군. 만일 자네가 지금 죽기를 바래서라면 그건 결코 명예로운 죽음이 될 수 없을 터인데."

피셔 박사가 생각과는 다르게 말을 했다.

"그런데, 도대체 딘은 지금 무얼 하고 있는 중이야? 알 수가 없구만."

"자기 몫을 얻으려고 준비를 하려는 것 같은데……"

딘은 그때까지도 테이블 곁에 서서 또 한 잔의 포도주를 마시고 있었다. 그러나, 이젠 그 누구도 그를 제쳐 버리고 먼저 추첨통을 뒤적이는 자는 없었다. 이제는 남은 사람이라고는 나와 크리거 뿐이었으니까 말이다.

"감사합니다. 각하!"

딘이 중얼거렸다.

"이건 너무도 좋은 작전이군요. 독일의 힘은 결코 누구를 해치진 못할 것입니다. 대위, 제군의 입장에서는 매우 어려운 일이라는 것을 잘 아네. 하지만, 내가 알기로는…… 감사합니다.

각하!—그러나 불필요한 것이 많을수록 흥밋거리가 많은 법이니까—만일 자네가 무사히 돌아만 온다면 우리는 또다시 축하연을 베풀겠네…… 그렇게 되기를 저 역시 바라겠습니다. 각하!"

난, 딘이 술에 취한 척하여 가지고 지금의 상황을 피하려는 것으로 여겼으나 말을 끝냄과 동시에 술잔을 내려놓고 절도있게 경례를 붙이고는 추첨통으로 용감하게 다가가서 자기의 몫을 꺼내 들었다. 그리곤 아무런 사고도 없이 그 속에서 2백만 프랑짜리 수표를 꺼내 들었다.

"망할 놈의 주정꾼 같으니라구."

피셔 박사가 투덜거리더니 그를 집안으로 데려가라고 지시를 했다.

크뢰거 씨가 테이블 끝에서 나를 바라다보고 있다가 내가 그를 마주 보자 말을 걸었다.

"뭘 망설이고 계십니까, 존스 씨?"

"이제 내가 찾을 차례라 해도 별로 나을 게 없군요."

"장군님!"

"장군이라 부르지 마시고, 그냥 소장이라고 불러 주시죠. 난 장군이 아니니까요, 존스 씨."

"그럼, 크뢰거 씨는 왜 망설이고 계십니까?"

"이제 와서 꼬리를 감추기는 너무 늦은 것 같고…… 그런데도 난 용기가 나지를 않는군요. 확률이 좀 더 많았을 때 내가 추첨통을 열었어야 하는 건데, 이제 어찌해야 할지 모르겠소. 그런데,

딘 씨가 조금 전에 무슨 말을 했나요?"

"그 사람은 자기가 지금 어떤 절망적인 사명을 띠고 떠나야 하는 일에 지원한 젊은 대위처럼 착각에 빠져 중얼거렸던 것 같더군요."

"하지만, 난 사단장입니다. 사단장이 그와 같은 절망적인 사명을 홀로 지고 떠날 수는 없습니다. 더군다나 이 스위스에서 그런 절망적인 작전은 있을 수가 없소. 이번도 예외가 아니라면 먼저 가서 보물을 찾도록 하시죠. 존스 씨!"

"왜 당신은 이 속박에서 벗어나려고 하시지를 않나요?"

나는 몽고메리 부인이 벨몽에게 이렇게 묻는 소리를 들어야 했다.

"부인께서는 이런 돈을 갖지 않으셔도 이미 부자라고 알고 있는데요."

벨몽이 그녀의 물음에 대답하는 모양이었다.

"그런데, 난 이만큼의 돈을 손에 쥐어 보려면 얼마나 많은 시간이 걸릴지 예상할 수가 없습니다."

"난 당신이 먼저 추첨통에서 자기의 몫을 찾았으면 합니다. 크뢰거 씨! 난 돈이 필요치 않아요. 그런데, 나보다 먼저 하는 것이 돈을 얻을 수 있는 확률이 많을 겁니다. 난 제일 끝에 남는 것 중에서 선택하려 하니까요."

"내가 아직 소년일 때……"

크뢰거 소장이 말했다.

"권총을 가지고 러시안 룰렛을 즐겨 했죠. 그건 아주 흥미가 만점이 있으니까요."

그렇게 말을 하면서도 그는 추첨통으로 가는 것이 내키지가 않는 모양이었다.

나는 벨몽과 몽고메리 부인이 주고받는 이야기를 다시 들어야 했다.

"난 어려웁지만 독일인에게 투자를 했어요. 그런데, 러시아에 의한 위협은 예나 지금이나 마찬가지가 아닌가요? 점점 더 예언할 수 없는 미래가 있을 뿐이죠."

크뢰거가 먼저 보물찾기를 하려 들지를 않아 나는 참다가 맨 나중에 하려던 결정을 포기하고는 내가 생각한 대로 통으로 가서 과자 상자를 꺼내 들었다.

그때 난 권총을 머리에다 갖다 댄 소년과는 다르게 아무런 흥분도 느끼지를 못했다. 오히려 나는 폭탄이 장치되어 있을 줄 모르는 상자를 꺼내면서 편안한 마음이 되어 갔다.

안나 루이스를 급하게 병원에 데려다 놓고 대기실에 서 초조히 기다리고 있을 때, 젊은 의사가 와서 그녀가 죽었다는 말을 들은 이래로 그 어느 때보다도 더 안나 루이스가 내 곁에 가까이 있는 것처럼 여겨졌다.

나는 안나 루이스의 손을 잡는 것처럼 그 상자를 손에 쥐었다. 그 순간에 저쪽 테이블에서 말하는 소리가 들려 왔다. 벨몽과 몽고메리 부인의 계속되는 이야기 소리였다.

"난 일본 회사에 투자하는 것에 대해서 확신을 가졌었지요. 미쓰비시 상사가 6대 3의 비율로 이익금을 주겠다고 했지만,

2백만 프랑이 생기는 모험만큼의 필요한 가치가 못 되는 것 같군요."

나는 내 옆에 크뢰거가 서 있는 것을 알았다.

"난 모두 같이 가는 것으로 알고 있는데요."

몽고메리 부인이 말했다.

"그런데, 무슨 일이 생길까 걱정스럽군요. 난 좀 전까지도 피셔 박사님이 농담으로 한 얘기라고 생각했는데요."

"그래요. 당신이 집으로 가길 바란다면, 내 차로 바래다주겠소. 그리고, 우리가 얘기할 투자에 대해서도 좀 더 의견을 나누어 봤으면 하는……"

"정말이지 여러분께서는 이 최후의 파티, 최후의 순간까지 남아 있을 예정인 모양이군요?"

피셔 박사가 느닷없이 말했다.

"지금 이렇게 머뭇거릴 시간이 아니오. 머뭇거릴 만한 이유도 없을 텐데요."

"오! 참으로 훌륭한 최후의 파티였군요. 그런데, 이제 전 가야 할 시간이군요."

몽고메리 부인이 모두에게 손을 흔들면서 인사말을 했다.

"안녕히 계세요, 장군님! 안녕히 계세요, 존스 씨! 아, 그런데 딘 씨는 지금 어디에 계실까요?"

"부엌 바닥에 있을 거라는 생각이 드는군. 난 알버트가 그가 갖고 있던 수표를 뺏지 않았기를 바라는데 딘은 정신이 없을 테니까 말이야. 그랬다간 난 훌륭한 시종을 한 사람 잃게 될지 모르니까, 그런 일이 없도록 바라는 중이라오."

그때 크뢰거가 나에게 작은 소리로 말했다.

"이제 우리도 그를 버려두고 이곳을 떠나시지 않겠습니까? 만일 당신이 가신다면 나도 혼자 여기 있고 싶은 마음이 없으니까 말입니다."

"난 아무데도 갈 데가 없는 사람입니다."

나와 크뢰거가 비록 작은 소리로 말을 했지만, 피셔 박사가 그 얘기를 들은 모양이었다.

"크뢰거! 당신은 처음부터 이 게임의 규칙을 알고 있었을 텐데 그런 소리를 하다니. 그러려면 킵스와 마찬가지로 처음에 이곳을 떠나야 했을 터인데, 이제 와서 확률이 없다고 두려워하다니 우습구려. 군인이라면—퇴역이지만—명예를 가지고 이 보물찾기에 임하도록 하시오. 거기에 아직도 2백만 프랑이라는 돈이 있소이다."

그래도, 크뢰거는 움직일 태세가 아니었다. 그는 조금 전에 얘기한 것을 재고해 주기를 바라는 눈치를 내게 보냈다. 피셔 박사가 그를 조롱하는 투로 말했다.

"만일 당신이 제일 마지막에 한다면 확률은 그만큼 적어지는 거요. 둘 중에 하나일 테니까 말이지."

크뢰거는 두 눈을 감고 있다가 처음으로 자기가 선택할 과자 상자를 바라보았으나 아직도 결단을 못 내리고 머뭇거렸다.

"그렇게도 겁이 난다면 테이블 쪽으로 오시오. 그래 존스가 선택하는 것을 방해나 하지 맙시다."

피셔 박사가 말했다.

크뢰거는 견딜 수 없는 중압감과 그래서 생겨난 슬픔에 잠긴 눈동자로 나를 바라보았고, 그 눈은 마치 자기의 신으로부터 어떤 계시라도 들으려는 것 같았다.

"저리 갑시다."

내가 말했다.

"내가 처음에 있는 것을 택하였으니 크뢰거 씨가 내 몫을 먼저 열 수 있는 허락을 해 주리라 믿겠습니다."

"물론 그렇습니다. 그건 존스 씨의 당연한 권리이신데요."

크뢰거가 반가운지 정색을 하며 대꾸했다.

나는 그가 자기의 과자 상자를 들고 혹 폭발하여도 안전한 거리인 테이블 쪽으로 가는 것을 지켜보고는 내 보물 상자를 열기 시작했다.

난 왼손이 없기 때문에 그 과자 상자를 여는 것이 그렇게 쉽지가 않았다. 내가 뚜껑을 여느라고 지체를 하는 것을 크뢰거는 무엇인가를 무척 바라는 눈으로 지켜보고 있었다.

내가 자기의 모든 희망이라는 기대를 하면서 내게 정신을 온통 집중하고 있는 모양이었으며, 기도를 드리고 있는지도 모를 일이었다.

그는 하나님을 믿고 있으니까 지금쯤 자기의 소원을 얘기하는 중일 것이다. 난 그를 자정 미사에서 만난 적이 있으니까 말이다.

"성령으로 충만하신 하나님! 그를 날려 버려 주십시오."

하고 나 또한 속으로 기원을 하였다.

"제발 내가 택한 이것이 폭탄이기를 바랍니다."

웬일인지 난 그 과자 상자를 여는 순간 안나 루이스와 무척 가까이 있는 것 같이 느껴졌다. 죽은 아내 안나 루이스 말이다. 하나님이 계시는 그 어딘가에 그녀는 있을 것이 틀림없었다.

난 이빨로 그 상자를 열었다. 작은 폭발음이 나면서 안나 루이스가 내 손을 뿌리치고는 모닥불 사이로 빠져나가 다시 죽기 위해 호수로 달려가는 기분이 들 뿐이었다.

"자! 이젠 장군 당신이 보물을 찾을 차례가 되었소이다."

피셔 박사가 말했다.

나는 그 어느 때보다 더 피셔 박사가 비열하게 보이고 가슴속 깊숙이 끓어 오르는 분노에 몸을 떨 정도로 그에게 증오심을 품고 있었다.

그는 우리 모두를 조롱하고 있었다. 그는 나에게 실망을 안겨주는 것으로 또한 크뢰거에게는 공포를 안겨줌으로써 우리를 조롱하는 것이었다.

"지금 장군은 적군의 최후의 공격을 당하고 있소이다. 장군은 아직도 우리 스위스가 언제까지나 중립국가일 것이라는 꿈을 꾸고 있는 듯하군요!"

나는 바라던 폭탄이 아닌 수표 상자를 든 채 허탈하게 서 있었는데, 크뢰거의 애처로운 목소리가 들려 왔다.

"이젠 난 젊은이가 아니요, 늙은이란 말이요."

"그래요. 하지만, 2백만 프랑이라는 거액이요. 내게 오래전부터 말하지 않았는가요. 장군! 당신은 절대적으로 돈이 필요한 것으로 알고 있는데…… 당신은 돈과 결혼까지 하지를 않았소, 결코 아름다움과는 결혼한 것이 아니니까. 그런데, 부인은 죽었소. 지금까지는 부인의 돈으로 살아왔지만, 돈은 자꾸 더 필요하겠지요. 그러니까, 내가 여는 파티에 빠짐없이 참석한 것이 아니겠소? 마누라의 재산으론 만족할 수가 없으니까. 자! 그렇다면 여기 당신이 가질 수 있는 2백만 프랑이라는 돈이 기다리고 있소. 작은 용기만 있어도 2백만 프랑이 생기는 거요. 군인다운 정신을 발휘하도록 해 보시오, 장군!"

난 테이블 저편에 서 있는 눈물이 그렁그렁한 한 노인네를 바라보았다.

순간적으로 어서 무슨 일을 결정해야겠다는 생각이 들었다. 저 노인네를 위해서라도 말이다.

난 킵스 씨가 떠나는 바람에 남은 마지막 과자 상자를 추첨에서 끄집어내어 이빨로 뚜껑을 벗겼다. 이번에도 난 아무런 탈 없이 건재했다.

"저런 엉터리 같은 친구…… 비천한 친구 존스!"

피셔 박사가 흥분하여 떠들었다.

"왜 그런 짓을 하는 거지? 자넨 지금 나를 배반한 거야. 자네는 다른 사람을 생각할 줄을 모르는군. 자넨 솔직하지가 못해. 구원을 받을 자격도 없는 친구야. 자, 자네가 추구하려는 것을 나타내 주지를 못한 거야. 자네가 원한 것은 돈이 아니었지. 자넨 죽음을 탐닉하는 비뚤어진 인간이야. 난 그따위 탐욕에는 흥미가 없단 말이야. 내 말을 이해나 할 수 있었으면 좋겠군."

"오! 이젠 내가 들고 있는 이 상자만이 남았군."

크뢰거가 공포에 질려서 말을 이었다,

"그렇군, 장군! 자, 이제는 자네 차례이니 서슴지 말게나. 빠져나갈 궁리를 해선 안 되겠지. 자넨, 이 마지막 축제를 마무리지어야 할 의무가 있소. 어서 열도록 해요. 우리가 다치지 않게 좀 떨어져 주게, 존스! 자네 이번만은 장군이 혼자 하도록 내버려두겠나. 난 아직 죽고 싶은 마음이 없으니까, 알겠나?"

피셔가 경멸에 찬 시선을 던지며 말했다.

그래도, 크뢰거는 움직일 줄을 몰랐다.

"난 장군을 적군 앞에서 비겁했다고 총살을 시킬 수는 없지만, 다른 것으로 약속을 드릴 수 있네. 당신의 비굴함을 온 제네바에 널리 퍼지게 해 드릴 것을 자신하고 있소."

나는 상자 속에서 수표를 꺼내 테이블 위에다 올려놓았다. 두 장 중에서 한 장만을 피셔 박사에게 건네 주었다.

"이건 킵스 씨 몫이니까 나와는 상관이 없습니다. 이걸 두꺼비 모두에게 분배하도록 하시죠."

"자네도 그 모두에 들어가도 되겠다, 존스?"

"그럴 수 있겠죠"

내 말이 끝나자 박사는 안나 루이스가 경고하던 예의 그 위험한 미소를 지었다.

"결국 자네도 그렇게 될 수밖에 없었군. 자, 앉지. 그리고 장군이 용기가 나도록 한 잔 마시지. 자네가 오늘은 무언가 다르게 뵈는군. 내일이면 은행에서 현금으로 바꾸어 아주 편안한 곳으로 가 버릴 것 같은 기분이 드는군. 자네도 결국은 다른 친구들과 다를 바가 없을 것 같군. 난 자네가 탐욕을 가지고 점점 야욕에 사로잡혀 간다면 다시 한번 파티를 열어 보고 싶구만. 몽고메리 부인, 벨롱 씨, 킵스 씨, 리처드 딘 등은 이제 인간의 탐욕을 충분하게 가지게 되었지. 그런데, 난 자네를 새롭게 창조해 낸 기분일세. 하나님이 아담을 창조하셨듯이 말야. 장군! 이젠 자네 차례인데 뭘 하고 있소? 더 이상 우리를 기다리게 하지를 말아 주게. 이제 파티는 끝났어. 그리고 모닥불도 서서히 꺼져 가는 중이고, 날씨는 점점 추워지고 있으니까. 알버트도 이것들을 빨리 치우고 휴식을 취해야 하니까 서둘러 주시오, 장군!"

피셔 박사가 의기양양해 하며 말했다.

크뢰거는 테이블 위에 놓여 있는 과자 상자를 고개 숙여 바라다보고 앉아 있었다. 난 그가 옛날의 영웅적 행동들을 생각하며—꿈이었겠지만—통곡하는 것이라는 생각이 들었다.

"자! 남성이 되어 보세요. 장군!"

피셔 박사가 다그쳤다.

"박사는 자신을 자꾸 경멸받게 하는군요."

내가 피셔 박사에게 말했다.

내가 어떻게 그런 식으로 말을 했는지 나 자신도 의아했다. 마치 그 말들이 내 귀에다 대고 속삭인 것을 내 입을 통해 전달한 것 같았다.

나는 다시 어떤 생각에 이끌려 테이블 아래로 내가 가지고 있던 수표를 크뢰거에게 내밀었다.

"2백만 프랑에 당신의 상자를 사겠소. 그러니, 내게 파시오."

내가 나직하게 말했다.

"아니요."

그는 듣는 것 같지가 않았다. 그렇지만 내가 그의 손에서 상자를 빼앗았을 때 그는 조금도 저항하지 않았다.

"무슨 말인가, 존스?"

피셔 박사가 궁금해 가지고 물었다.

나는 피셔 박사의 질문에 대답을 하지 않았다. 더 중요한 일에 열중해 있었기 때문에 또한 뭐라고 대답해야 할지 알 수 없기 때문이기도 했다. 나에게 그 말을 했던 사람들도 내게 그 대답을 할 수가 없을 테니까.

"그만하게 제발! 자, 도대체 자네의 말이 무슨 뜻인지 어서 말을 하라니까?"

나는 행복한 기분에 도취해 있어 대답을 할 수가 없었다. 내 손에는 크뢰거의 폭탄 상자가 들려 있었던 것이다.

나는 테이블에서 일어나 호수로 향한 잔디밭을 걸어 내려 갔다. 안나 루이스가 걸어 다녔으리라고 상상했었던 그 길이 었다. 내가 그의 앞을 지날 때 크뢰거는 두 손 안에 얼굴을 파 묻고 있었다.

정원사들은 어디로 가고 없었으며, 이미 모닥불은 죽어가고 있었다.

"돌아와!"

피셔 박사가 나를 완강하게 불렀다.

"존스, 돌아오라구. 자네한테 할 말이 있어!"

나는 생각했다. 중요한 곳에 이르면 그도 역시 두려워한다는 것을 말이다. 그는 스캔들에 휩쓸리는 걸 원치 않는 인상이 있다. 그러나, 나는 그를 그러한 이유로만은 도와주고 싶지 않았다.

이것은 나에 속한 죽음이었으며, 내 아이 그리고 또한 안나 루이스의 아이였던 내 하나밖에 없는 아이의 죽음이었다. 스키 사고로도 내 손에 잡고 있던 그 아이를 우리들로부터 앗아갈 수는 없는 것이었다.

나는 이제 외롭지 않았다—저들은 외로운 자들이었다. 소장과 피셔 박사는 기다란 테이블 양 끝에서 마주 보며 내 죽음의 소리를 듣기 위해 기다리는 것이었다.

나는 바로 호숫가까지 내려왔다. 그곳에서는 잔디의 언덕 때문에 그들이 나를 볼 수가 없었다.

세 번째로—그러나, 이번에는 철저한 신념을 가지고—나는 이빨 사이에 테이프를 끼우고, 오른손으로 과자 상자를 잡아당 겼다.

터져야 할 상자가 그 바보 같은 하찮은 '펑' 소리와 함께 그 다음에 따라온 정적은 내가 얼마나 철저히 조롱당했는지를 말해 주고 있었다. 피셔 박사는 나의 죽음을 훔치고 소장을 모욕하였다.

그는 자기의 부유한 친구들의 욕심에 대한 자신의 주장을 증명하고, 우리 두 사람을 비웃으면서 지금 테이블에 앉아 있는 것이다. 그의 입장에서의 그것은 실로 훌륭한 마지막 파티가 된 것이었다.

멀리 떨어져 있었기 때문에 나는 그의 웃음소리는 들을 수 없었다. 내게 들리는 것은 그들이 호숫가로 걸어오느라고 눈을 밟는 데서 나는 뽀드득 소리와 발자국 소리뿐이었다.

누군가 나를 보았는지 발자국 소리가 끊겼다. 내가 알 수 있었던 것은 하얀 눈빛에 대조되는 검은 양복뿐이었다.

"당신은 누구요?"

내가 물어보았다.

"아니, 이거 존스 씨 아니십니까?"

누군가 말했다.

"분명히 존스 씨가 맞지요?"

"네, 그런데요."

"나를 잊으셨군요, 저 스타이너입니다. 존스 씨!"

"아니? 당신이 여기서 무엇을 하시는 겁니까?"

"나는 더 이상 참을 수가 없었어요."

"무엇을 참는다는 말씀입니까?"

"피셔가 그녀에게 한 행동을 말하는 겁니다."

그 순간 내 마음은 안나 루이스에 빼앗겨 버려 그가 말한 뜻을 알 수가 없었다.

"하지만, 이젠 당신이 할 수 있는 일도 없잖습니까."

내가 말했다.

"당신 부인에 대한 소식을 들었습니다. 참, 안 되셨습니다.

그녀는 안나와 너무도 닮은 데가 많았습니다. 부인이 참변을 당했다는 소식을 듣고는 또다시 안나가 죽은 것 같았다니까요. 제 말이 경솔한 것을 용서해 주세요. 말주변이 원체 없어서요."

"아닙니다. 당신의 감정을 충분히 이해할 수 있습니다."

"피셔는 지금 어디 있습니까?"

"피셔 박사 말씀이시라면, 그는 최고의 그리고 최종적인 쇼를 즐기기 위해 저기 위에서 혼자 웃고 있을 겁니다."

"가서 그를 만나야겠어요."

"아니 무엇 때문에 만나려고 하는지 궁금하군요?"

"전 병원에 있으면서 생각할 수 있는 시간이 많았습니다. 처음 나를 생각하게 만든 것은 당신의 부인을 보고 나서부터입니다. 가게에서 그녀를 보았을 때는 안나가 다시 살아난 것 같았어요. 나는 순응하고 받아들이는 일이 너무 많았어요. 너무나 그녀의 힘이 컸던 거지요. 그는 텐토필 부케를 발명했습니다. 그는 전능한 신 같기도 했구요. 그는 내 직업도 앗아갈 수 있었으니까. 심지어는 모차르트까지도 앗아갈 수가 있었습니다. 그녀가 죽은 후로 나는 모차르트를 듣고 싶은 적이 한번도 없었어요. 제발 그녀를 좋게 이해하셔야 합니다. 우리는 정말 애인 사이는 아니었어요. 그런데, 그가 그 순수함을 더럽혔습니다. 이제 나는 그에게 가까이 가서 전능한 신의 얼굴에 침을 뱉고 싶습니다."

"좀 늦지 않았을까요?"

"전능한 신에게 침을 뱉는 데 늦는 법은 없어요. 신은 영원, 영원하십니다. 그리고 신은 우리를 만드셨습니다."

"아마 신이 그랬을지는 모르지만, 피셔 박사는 절대 그럴 수가 없습니다."

"그는 지금의 나를 만든 신과 같은 존재가 아니겠습니까?"

"오!"

나는 내 고적함을 깨뜨린 이 작은 남자가 짜증스러워졌다.

"그렇다면 어서 가서 그에게 침을 뱉으시오. 행운이 있기를 바랍니다."

그는 나에게서 시선을 돌려 언덕 위에서 이제는 꺼져가는 모닥불 빛 속에서 거의 알아볼 수조차 없는 곳을 응시하고 있었다. 그러나 스타이너 씨는 피셔 박사를 찾으러 언덕을 올라갈 필요가 없게 되었다.

피셔 박사가 우리들이 있는 곳으로 서서히 그리고 부지런하게 내려오고 있었기 때문이다. 그는 가끔 얼음이 덮인 길 위에 미끄러지는 자신의 발을 조심스럽게 바라보며 걸어 오고 있었다.

"그가 이리로 오는군요."

내가 말했다.

"당신은 침을 준비해 두시는 게 좋겠는데요, 스타이너 씨!"

우리는 거기에서 기다리고 서 있었다. 그가 우리들이 있는 곳으로 오기까지는 무한한 시간이 걸린 것 같았다. 그는 몇 발짝 못미처까지 와서 걸음을 멈추고 나에게 말했다.

"자네가 여기, 아직껏 여기 있는 줄은 몰랐네. 지금쯤은 아주 가버렸을 줄 알았는데, 이제 사람들은 다 가버렸네. 그 예비역 소장도 갔지."

"수표도 가지고요?"

"물론이지. 수표를 갖고……"

피셔 박사는 어둠을 뚫고 나와 함께 있는 동행인을 뚫어지게 바라보고 있었다. 그가 물었다.

"자네는 혼자가 아니었군. 저 사람은 누군가?"

"그의 이름은 스타이너입니다."

"스타이너라고?"

나는 전에 한번도 피셔 박사가 그처럼 당황하는 모습을 본 적이 없었다.

그는 마치 정신의 반을 테이블에다 놓고 온 것처럼 휘청거리고 있었다. 그는 도움을 청하려는 듯이 나를 쳐다보았다. 그러나 나는 조금도 박사를 도와주지 않았다.

"스타이너가 누구야? 그가 여기서 무얼 하는 거지?"

피셔 박사는 수표책이나 여권을 찾기 위해 정리 안 된 서랍의 물건을 뒤지는 사람처럼 어디에 두었는지 찾을 수가 없는 어떤 물건을 한참 동안 찾고 있는 듯한 자세를 취했다.

"나는 당신의 부인을 알고 있는 사람입니다."

스타이너가 말했다.

"당신은 킵스 씨를 시켜 나를 해고하게 했는데, 그것도 모자라 당신은 우리 두 사람의 인생을 망쳐 놓았지 않습니까?"

그가 말을 끝내자, 우리 세 사람은 모두 그곳에 침묵과 눈 속에 서 있었다. 그것은 흡사 우리가 무슨 일인가 일어나기를 바라는 것 같았다. 그러나 그 일이 어떤 것인지는 아무도 알 수가 없었다.

조롱이나 구타 혹은 단순한 외면이랄까. 하여튼 스타이너 씨가 행동으로 옮길 순간이었다. 그러나 그는 아무 행동도 하지 않았다. 아마 그의 침이 멀리 가지 못한다는 것을 느껴서였는지도 모른다.

결국 내가 입을 열었다.

"박사의 파티는 굉장히 성공적이었군요."

"그렇게 생각하나?"

"박사는 소원대로 나와 두꺼비들 모두를 모욕했지 않습니까? 그럼 다음번에는 무엇을 하시렵니까?"

"나도 모르지."

다시 한번 나는 박사가 나의 도움을 청하는 듯한 인상을 받았다.

박사가 말했다.

"방금 자네가 한 말에는 일리가 있어……"

믿기 어려운 일이었다. 저 위대한 제네바의 피셔 박사가 자기의 기억을 위해 알프레드 존스에게 도움을 바란다는 것은, 하지만 무슨 기억을 말인가?

"내가 크뢰거 씨가 들고 있던 상자를 샀을 때 웃으셨을 거예요. 그것을 잡아당겨 봐야 방귀 소리만 나리라는 것을 박사는 알고 있었잖아요."

내가 말했다.

"나는 자네를 모욕하려고는 하지 않았네."

피셔 박사가 말했다.

"그건 당신을 위한 특별 배당금이었던가요, 박사?"

"나는 그런 식으로 계획을 세우진 않았다네. 자네는 그들과 다르니까."

이렇게 말하고 나서 박사는 두꺼비들의 이름을 하나씩 출석을 부르는 것처럼 불렀다.

"킵스! 딘! 몽고메리 부인! 크뢰거 소장! 벨몽, 그리고 죽은 두 사람……"

"당신이 당신 아내를 죽인 거요."

이때 스타이너 씨가 소리치듯 말했다.

"나는 죽인다는 건 모르네."

"그녀는 살기가 싫었기 때문에 죽은 것이오. 사랑이 없는 삶을 살 필요가 없었던 거요, 박사!"

"사랑이라? 나는 사랑 이야기 같은 소설은 읽지 않소이다. 스타이너!"

"그렇지만, 당신은 당신의 돈을 사랑하지 않소?"

"돈에 욕심이다! 존스가 오늘 밤 당신에게 내가 어떻게 해서 그 돈의 대부분을 포기하였는지에 대해 잘 말해 줄 거요."

"이제 무엇을 위해 삶을 살아나가려고 하는지 궁금하군요."

내가 물었다.

"이제 박사의 친구들은 한 명도 돌아오지 않을 테니 말입니다."

피셔 박사가 말했다.

"자네는 내가 살기를 원한다고 그렇게 확신을 가지고 있나?

자네는 살고 싶은가? 아까 돈을 주고 폭탄 상자를 가져갈 때는 그런 것 같지는 않더군. 스타이너는 살고 싶은가? 아마 두 사람은 그렇겠지. 결국 나도 역시 살고 싶기도 하네. 아니, 내가 여기에 서서 지금 무엇을 하고 있는 거지?"

"아무튼 오늘은 즐거웠던 것 같군요."

내가 말했다.

"그렇군. 아무것도 없는 것보다는 낫지. 무無는 약간 겁을 주거든, 존스!"

박사가 말했다.

"박사는 참으로 묘한 복수극을 택하셨습니다."

내가 말했다.

"무슨 소리지. 복수라니?"

"한 여성이 당신을 모욕했기 때문에 당신은 전 세계를 모욕해야 했던 것 아닙니까?"

"그녀는 나를 모욕한 게 아니네. 그녀는 나를 증오했을지는 모르지만, 아무도 나를 절대로 모욕할 수는 없을걸세. 존스!"

"당신 자신만 제외하고서 말이죠."

"맞았어. 이제 그것이 자네가 한 말인 줄 기억 나네."

"사실이 아닙니까?"

"자네가 내 인생의 영역 안을 침범했을 때 나는 병에 걸린 걸세. 스타이너! 나는 킵스에게 자네의 월급을 배로 올려 주게 했어야 했는데…… 그리고 안나에게도 그녀가 원하는 모차르트의 음반을 전부 구해줄 수도 있었어. 다른 사람들에게는 모두 ─자네는 빼고 존스—줄 수 있었듯이, 자네와 안나에게 사 줄 수도 있었던 것이네. 이제 자네에게 사 주기에는 너무 늦었어. 참, 지금이 몇 시인가? 존스!"

피곤한 음성으로 박사가 말했다.

"자정이 지났군요."

내가 말했다.

"잘 시간이군."

박사는 잠시 생각에 잠겨 서 있다가는 자리를 떠났다. 그러나 그것은 집 방향이 아니었다.

박사는 천천히 호숫가를 따라 잔디밭을 걸어가는가 싶더니, 눈의 정적 속으로 모습과 소리를 감추었다. 호수의 물조차도 그 정적을 깨지 않았다. 우리가 서 있는 바로 밑의 호변에는 찰싹이는 물결도 없었다.

"가엾은 사람!"

스타이너가 중얼거렸다.

"당신은 정말 동정심이 많으시군요, 스타이너 씨! 나는 그 사람보다 더 미워하는 사람은 이 세상에 없습니다."

"존스 씨는 박사를 증오하는군요. 나 역시 박사를 증오하고 있는 것 같습니다. 그러나 증오라는 것이 중요하지는 않더군요. 증오는 전염병이 아니니까요. 그것은 전염되지는 않습니다. 어떤 인간을 증오하다가는 그냥 그대로 놔두는 거지요. 하지만, 피셔 박사처럼 경멸하기 시작하면 결국에는 전 세계를 경멸하게 되는 것이 아니겠습니까?"

"난 당신이 처음 하려면 대로 박사의 얼굴에 침을 뱉기를
바랐습니다."

"그렇게 할 수가 없더군요. 결국엔 박사를 동정하기까지 했
으니……"

나는 피셔 박사가 그 자리에 머물러 있으므로 하여 그가 스
타이너 씨의 동정을 받고 있다는 말을 듣기를 바랐다.

"여기 이렇게 서 있는 것이 너무 좋군요."

내가 말했다.

"이러다가 얼어 죽겠습니다."

그러나 그 죽음은 내가 바랐던 일이 아니었던가?

그때 밤의 찬 공기를 가르며 날카로운 금속성 소리가 내
생각을 둘로 갈라놓았다.

"아니 이게 무슨 소린가?"

스타이너가 말했다.

"자동차 폭발 소린가?"

"이곳은 도로와 멀리 떨어졌으니 그럴 리가 없는데."

우리 두 사람은 소리가 난 행방을 찾으려고 걷다가 1백
야드도 채 못 가서 피셔 박사의 시체를 발견했다.

한 자루의 권총이 그의 머리 옆에 놓여 있었다. 권총은 그가
주머니 속에 미리 넣어 가져 왔었던 것이 분명했다.

벌써 땅 위의 하얀 눈은 박사의 피를 빨아들이고 있었다.

난 박사의 권총을 집으려고 손을 뻗었다.—아마 이게 이제는
내게 제일 유용하게 쓰일 것 같았다.—그런 생각이었는데

스타이너가 뻗은 내 손을 방해했다.

"경찰이 올 때까지 그냥 그 자리에 놔둬요."

스타이너가 말했다.

나는 그 시체를 물끄러미 내려다보았다. 그것은 죽은 한 마리의 개 이상으로 중요한 이유가 없는 무의미한 것 같았다.

나는 깊은 생각에 빠졌다. 언젠가 내 마음속에서 여호와와 사탄을 비교해 보았던 그 부질 없는 생각의 일부처럼 말이다.

17

피셔 박사와는 달리 나는 지금까지의 이야기를 충분히 해 온 셈이다.

나는 나 자신에게 자신을 죽일 수 있는 용기가 있으리라고는 생각해 본 적도 없었으나, 너무도 큰 절망에 빠진 그날 밤은 그런 용기 따위 문제가 되는 것이 아니었다.

배심원이 그 리볼버 권총 속에는 단 한 발의 총알이 남아 있었다는 사실을 보여 준 다음부터는, 설령 스타이너 씨가 그 무기의 소유권을 취득하지 않았더라도 나는 절망에 빠질 수밖에 없었을 것이다.

날이 갈수록 올바른 정신 상태는 흐려지고 상상하지도 못했던 용기가 자라났으며, 절망은 하나의 생명체가 되는 것처럼 마음 속 깊이깊이 자리했다. 결국은 죽음만이 단 한 가지 남은 해결책이라는 고정 관념이 확고해질 뿐이었다.

위스키 잔을 기울일 때나 크래커를 씹을 때 나는 문득문득 안나 루이스가 내 곁으로 다가오는 듯한 착각을 일으켰다.

그러나 내 생명이 이 지상에 존재하는 한 그녀를 다시 만날 희망은 완전히 상실되어 있다는 것은 엄연한 사실이었다.

다만 신을 믿는다면 내세에서 우리는 다시 만나 영원한 삶을 누릴 수 있으리라는 막연한 기대만이 남아 있을 따름이었다.

그러나 나의 이 조그마한 소망과도 같은 기대는 어찌 된 셈인지 피셔 박사의 시체를 보는 사이에 스러져버리고 말았다.

개처럼 죽어간 악마의 시체를 보면서 나는 웬일인지 '착한 이라고 해서 악마보다 더 오래 살아야 한다는 이유는 무엇일까?' 하는 종교적으로는 어이없는 망상에 사로잡혀 버렸던 것이다.

만약 죽음이 진실로 무無를 의미한다면 안나 루이스의 죽음을 뒤따라 아무런 이유가 성립되지 않는 것이었다. 나에게 생명이 붙어 있는 동안에는 적어도 그녀를 기억할 수는 있는 일이 아닌가?

나에게는 그녀의 사진 두 장과 우리가 함께 살기 이전에 약속을 하기 위해 손수 적어 보낸 노트가 간직되어 있고, 그녀가 즐겨 앉던 의자, 그녀가 접시를 닦던 부엌이 그대로 내 주위에 내 눈앞에 남아 있지 않은가.

이와 같은 물건들은 나에겐 로마 가톨릭 교회에 보관되어 있는 유골과도 같은 존재들인 것이었다.

언젠가 손수 달걀을 삶던 나는 자신이 언젠가 성 모리스 성당의 자정 미사에서 들었던 성구 한 구절을 되뇌이고 있다는 걸

깨달아야 했다.

'이와 같은 일을 자주 하면 할수록 너희는 나의 기억 안에 깊이 남을지니라.'

결국 죽음은 문제의 해결이 아니었다. 오직 무분별한 행동에 불과할 뿐이라는 결론에 이르러야 했다.

이따금 스타이너 씨와 만나 커피를 마실 때가 있다. 술을 마시지 않는 그와 만나면 커피가 고작일 수밖에 없었다. 그럴 때면 그는 안나 루이스의 어머니 이야기를 즐겨 했고, 나 또한 그런 그의 행동을 제지하지 않았다.

나는 그저 그가 마음껏 자신의 이야기에 취하도록 해 두고, 나는 나의 안나만을 생각하면 되는 것이었다.

우리들의 적은 이미 죽어갔고 그 죽음으로 인해 증오심도 사라져 갔으며, 다만 두 가지 아주 다른 사랑의 추억을 간직한 두 사내가 남아서 커피를 마시고 있는 게 현실이었다.

예의 두꺼비들은 여전히 제네바에서 웅거하고 있었으며, 나도 기회만 있으면 그 도시에 들르곤 했다.

언젠가 한번은 정거장 근처에서 벨몽과 만난 적이 있었으나 이야기를 나누지는 않았다. 또 킵스 씨를 몇 번인가 본 일이 있지만 그대로 지나쳐 버렸다. 다행히 그는 언제나 땅바닥에 시선을 고정시키고 있어 그럴 수 있었던 것이다.

또 언젠가는 리처드 딘과 정면으로 맞닥뜨렸으나 그가 너무 취해 있어 날 알아보지 못한 일도 있었다.

다만 몽고메리 부인이 날 적잖게 당황하게 만든 적이 있었다.

제네바의 한 보석 가게 문 앞에서 놀랍고 기쁨에 찬 목소리로
소리쳐 부르는 것이었다.

"어머! 스미스 씨가 아니세요?"

그러나 난 못 들은 척해 버리고 아르헨티나의 고객을 만나기
위해 서둘러 그 자리를 떠나 버리고 말았다. 〈끝〉

폭탄파티

초판 발행 1980년 9월 30일
중판 발행 2019년 12월 10일

그레이엄 그린 지음
이상영 옮김
홍철부 펴냄

펴낸곳 문지사
등록 제25100-2002-000038호
주소 서울특별시 은평구 갈현로 312
전화 02)386~8451/2
팩스 02)386~8453

ISBN 978-89-8308-549-8 (03810)

값 14,000원